SHANGHAI
JIAN QIAO
UNIVERSITY

建桥人物

朱瑞庭　江彦桥……主　编
王邦永　何　羽……副主编

文匯出版社

序

让建桥因人物而生辉

周星增

建校20周年之际，校办筹划出版《建桥人物》一书，请我写序。本书意在实录学校各条线代表人物的先进事迹，传承和弘扬建桥精神，这是好事、实事。不忘来路，砥砺前行，我们始终不能忘记培育成果的土壤、气候、环境等诸多时代因素，更不能忘记在建桥校园辛勤耕耘的全体劳动者。

本书共有三部分：第一编是创校领导和老同志代表；第二编是现任教职工代表；第三编是学生与校友代表。本书以专访的形式，深入采写了近40位人物，文字凝练，可读性强。翻阅书稿倍感亲切，一个个熟悉的名字、一件件生动的往事跃然纸上，仿佛将读者带到了一线，与书中人物共同亲历那难忘的岁月……

回顾创校时期，社会各方面对民办大学充满了期待与鼓励，给予了很大的关怀与帮助，建桥一路走来，步稳行健。第一代创校领导和老同志们就在这样的大环境中，与我们这批举办者同甘共苦，忘我工作，他们自谦为“奉献余热”，实则是“燃烧激情”。为了培养莘莘学子，为了推进建桥发展，他们不忘“为党育人，为国育才”的初心，放弃了退休生活的舒适安逸，无私奉献着个人的时间、精力、智慧、资源。他们不只是独当一面的“干将”“闯将”，为建桥开疆辟土不遗余力，更是上海乃至全国各学术领域的领军人物、各行业的翘楚英才，足以振臂一呼应者云集，他们中有的还是教育家，视建桥事业为毕生教育情怀的寄托与延续、多元化教育思想的创新与实践，其志向、胸怀、格局、境界，令我深深敬佩，景仰不已！“德为才之帅，才为德之资”，他们就是我身边德才双馨的楷模。

现任教职工代表是优秀的教育工作者。他们大多在青春时期就加盟建桥，与建桥同发展、共成长，是康桥建桥、临港建桥的亲历者和建设者。多年来，他们甘守三尺讲台，争做“四有”教师，循循善诱，诲人不倦，以生为本，大胆改革，积极开拓育人空间，奉献了独到的探索与丰富的实践。他们中涌现出的一批先进人物，更是爱生如子，爱校胜家，其业绩可圈可赞，令人眼前一亮！处于中国改革开放最前沿的临港新片区，处于“不走寻常路”的建桥校园，希望身为“顶梁柱”的他们，自觉传承老一辈建桥人的创业精神，始终牢记建桥办学使命，时时保持“逆水行舟”的警醒，瞄准一流目标不松劲，不断提升层次境界，续写临港建桥的新篇章。

我还欣喜地发现，本书中大多数人物都是优秀的中国共产党党员，他们对党的教育事业无比热爱、忠诚，责任感、使命感特别强，他们不仅是建桥聘任的员工，更是建桥校园的主人，以自己的汗水与智慧，不断为新时代教育事业注入新的内涵。

如果说，我们建桥的举办者、创业者、工作者都是辛劳的“园丁”，那么，最好的“成果”就是一届又一届的建桥学子。通过阅读学生人物、卓越校友的故事，我看到了建桥学子的可爱、可敬。他们在雷锋精神的感召和鼓舞下，不负韶华，勤学苦练，敬业奉献，服务社会。不少学子还提到了他们对“感恩、回报、爱心、责任”校训的感悟，对“平凡善者，从我做起”理念的践行，让我深感欣慰：这么快，他们就长大了！

“所谓大学者，非谓有大楼之谓也，有大师之谓也。”梅贻琦先生的名言犹在耳侧，时时提醒我不忘创办建桥大学的初心与终极目标。建桥事业需要人，建桥事业同样也培养人、塑造人。我希望《建桥人物》将来能持续出版，成为系列读物，让人物因建桥而出彩，让建桥因人物而生辉！

（本文作者系上海建桥学院董事长）

目 录

第二编 春风化雨育桃李

第三编 不负韶华谱青春

第一编

不忘初心志千里

壁立千仞，无欲则刚
——记创校校长黄清云教授

在建桥校园，经常能遇见鹤发童颜的创校校长黄清云教授，他虽已逾八旬高龄，依然精神矍铄，步履矫健，思维敏捷，从他那挺拔的身形上，还能看出当年上海市高校系统大学生击剑冠军的英姿。回想创校十年的诸多往事，就像昨日发生的一样历历在目……

一

黄清云出身于教育世家。他之所以穷尽毕生精力于教育，而且所从事的，又是在一般人眼里有点“另类”的教育，似乎是一种“命数”——父亲好好地当着律师，却突然心血来潮办起一所私立学校；1957 年考大学时，黄清云填报了十几个志愿，最后收到的却是师范大学的录取通知书；大学毕业后，大部分同学或留校、或到中学当教师，他却被分配去搞业余教育。也许正是所谓“命数”的不可逆性，或者说是种种巧合，才让他与教育，尤其是成人教育、远程教育和民办教育结下了不解之缘。

时光之书翻到了 1999 年。一晃 40 多年过去，曾先后担任上海第二工业大学副校长、上海电视大学校长的黄清云已到了退休年龄。在他的人生之路上，本来是该踩“刹车”的，他却踩上了“油门”——浙江温州有位民营企业家准备在上海创办一所民办高校，叫“上海建桥学院”，找上门来请他任校长，于是他又“驾”起建桥这辆“车”，驰上了民办高

人物简历

黄清云，创校校长，学校终身名誉校长。1939 年 1 月生，上海市人，本科学历，教授。第十届、第十一届上海市人大代表，上海市劳动模范。1964 年加入中国共产党。1961 年毕业于上海师范大学。1961 年至 1992 年，上海第二工业大学教师、教研室主任、教务处处长、副校长；1992 年至 2000 年，上海电视大学校长。2000 年至 2010 年，上海建桥学院校长兼党委书记。1998 年 12 月受聘香港公开大学荣誉博士。2005 年被评为上海市职业教育杰出院（校）长、全国职业教育先进个人。曾被聘任为教育部远程开放教育规划专家委员会委员、现代远程教育专家顾问委员会委员。社会兼职有：中国民办教育研究院副院长、中国民办教育协会高等教育专业委员会副理事长、上海市高等教育学会副会长、上海市民办教育协会副会长、上海市职业教育协会副会长等。在国内外相关专业会议和核心期刊发表学术论文数十篇。

等教育的“快车道”。

黄清云清晰记得第一次与周星增董事长见面的情形。那是初秋的一个上午，天朗气清，周星增穿着笔挺的深色西服，来到上海电视大学校长办公室找他。当时，黄清云虽已过了退休年龄 8 个月，但实际上还在主持着电大的工作。他是上海市教委推荐给周星增的校长人选之一。

第一次见面，两人谈了将近 2 小时。周星增谈了他的抱负、他的思路，他到上海投资办学的目标和计划，邀请黄清云出任校长。这场谈话让黄清云产生了两种感觉：一个感觉是，周星增的教育背景、儒商气质，以及从他身上体现出“白天当老板，晚上睡地板”

的温州精神，让人相信他正在做的这件事情是一定能够成功的；另一个感觉是，黄清云长期在公办教育领域工作，虽知民办教育激流奔腾，却不曾涉足试水，合作预期是好的，但也充满挑战。因当时还在电大校长任上，所以黄清云没有答应。

一个多月后，1999年10月21日，黄清云应邀出席建桥学院的奠基典礼。在当时的上海，还没有上级未批准办学就先动工建校舍的先例，也没有哪一所民办学校拥有建桥那样大的占地面积，这种纯粹用民间资本办学的举动，很有“开先河”的意义。这天的奠基典礼上，教育界来了不少人，办得很隆重，他体会到了温州人的精神、气魄和效率。2000年1月，周星增又一次登门相邀。黄清云经征求教委领导意见后，正式答应出任建桥创校校长。

二

上任不久，黄清云做了两件事。一件是，他给了周星增两个建议，为学校日后发展确立了一条符合建桥实际的轨道；另一件是，着手搭建教学、管理班子，明确专业设置和师资招聘的原则。

周星增到上海投资办学，最初的方案有两套。一个是挂靠知名高校，一个是自起炉灶。不少人都倾向于挂靠方案，招生、教学不用愁，风险小（当时，建桥已与某名校签署了合作协议）。黄清云的建议是自起炉灶。这样做，有风险，但既然“把民办高等教育当作事业来做”已成为共识，就要有承担风险的勇气。所谓风险，无非就是没有名校光环，竞争处于弱势地位。但与挂靠名校兴办独立学院的游戏规则相比，譬如每年均须抽出学费收入的一定比例上缴母校，其对于学校可持续发展的风险，也同样不可测。加上当时关于民办教育的政策暖风频吹，建桥学院也完全具备独立办学的实力，干脆自起炉灶。

第二个建议，为办本科做准备。黄清云认为，虽说当时规定独立办学的民办学校不能办本科，但建桥要想开拓更大的发展空间，就应对学校的长远发展有一个全盘考虑。譬如，当时征得的205亩地，对于一所本科院校来说是远远不够的，还要继续征地。

黄清云的这些想法，其实周星增也都想到了，只不过还在“两难”中犹豫。他的建议更坚定了周星增的决策方向，两人一拍即合，周星增立即停止了对名校独立学院的筹备。但也出现了一个小插曲。周星增有位投资伙伴，看到董事长做出独立建校的决定，怀疑这样做行不通，便抽走了资金。周星增说：“开弓没有回头箭，这条路我们要一直走下去！”

接下来要做的，是迅速建校舍，搭班子，配师资，以及各种专业设置、教学资源的准备。要知道，2000 年 2 月到任的黄清云，要做到当年招生，当年开学，留给他的时间只有 6 个月。

这是何等紧张的 6 个月，这是何等精彩的 6 个月！这 6 个月，学校从一无所有开始，做成了通常要几年才能完成的事。最初一批建桥人，在这 6 个月中表现出的创业精神，直到今天，还激励着后来人奋起直追，成为学校最宝贵的精神财富！

三

创办初期，困扰黄清云的具体问题不少，其中比较突出的，一个是师资建设问题，一个是办学经费问题。

搭建班子，黄清云的选人标准有三条：一要有造诣；二要有影响；三要有人脉。所谓的“人脉”就是社会资源，民办学校需要开放办学，充分引进、利用各种社会资源，促进办学。于是乎，复旦、同济、华师大、东华、上外、上大、二工大等高校一批资深教授，先后应邀来到建桥，出任系主任或专业主任。同时，教务处、学生处、办公室也先后组建。经市教委专家委员会评估并全票通过，2000 年 4 月 28 日，上海市政府正式批准上海建桥学院筹建。6 月 18 日，学校登报公开招聘各专业师资。

组建师资队伍，黄清云的意见是，在建校初期这一特殊阶段，除了聘用刚从各高校退休的教授和年轻研究生，以及企业退下来的技术骨干、高层次人才组成专职教师队伍外，还要聘用一批正在其他高校任教的教授和副教授组成兼职队伍。在组建“专兼结合（年龄放宽）、老中青结合、双师型师资”队伍的同时，他还特别重视辅导员队伍的建设与作用，明确强调办学既需要高水平的学科教师，还需要学生思想行为上的导师。后来实践证明，这条方针是符合民办高校实际情况的。在一大批视“发挥余热”为“奉献自我”的老领导、老教授的带领和感召下，“把民办教育当作一项事业来做”成了这支队伍共同的信念。

出任校长前，尽管周星增一句“五年不要回报”的承诺给了黄清云一颗“定心丸”，但民办高校的办学经费始终处于紧张状态，这也是一个长期存在的客观事实。在建桥，黄清云经常对出资方的诸多董事说，办学校是不能光想着赚钱的，更不可能出现有些人想象的那种“暴利”，办学校就是做事业，唯有把它当作事业做，再多的困难都能克服。长期的合作，彼此的信任，黄清云和周星增达成了一个共识：必须坚持教育事业的公益性质，鲜明地亮出学校“公益性”旗帜，这是举办者价值取向的体现！

四

黄清云刚上任时，有位同事对他说：“您是创校校长，任何事情您想做就做，想怎么做就怎么做。”虽是一句玩笑话，但也多少道出了“开先河”的含义。黄清云的回答是八个字“战战兢兢，诚惶诚恐”。他解释了这八个字的深层内涵：第一，决策是责任，这不是“想做就做，想怎么做就怎么做”的问题，其中更多体现着一种责任，必须按高等教育发展规律和民主集中制的原则去做，要对学生负责；第二，决策是很慎重的，教育的效果不是一年、两年可以检验的，往往要过 20 年、30 年才能真正来评价当初的做法是对还是不对；第三，决策不是一个人的事，重大事情还是要发扬民主，依靠班子、依靠全体教职工集体决策；第四，决策要科学，决策之前，发动大家深入学习国家方针、研究政策导向、加强社会调研、把握市场需求，最后才能做出全面研判、科学决策。

这些“开先河”的工作包括成立学校党委。

黄清云认为，不论民办高校的投资主体是谁，坚持党对学校的领导，坚持社会主义办学方向，坚持培养社会主义事业合格建设者和可靠接班人，在这个大方向上，民办高校和公办高校没什么两样，这是不能动摇，不能含糊的。

虽然大方向明确，但具体工作一开展就碰到了新问题。学校初建，教职工党员中把组织关系转至学校的有近50名，按规定可以成立党总支，但这个党总支挂靠哪一级党组织就成了问题。学校地处浦东康桥镇，镇党委找上门来联系，但黄清云觉得不妥。从工作性质上看，镇党委不可能对高校工作进行指导；从党建性质上看，镇党委指导高校党建也有其局限性。毕竟是一所高校，不同于一般民营企业，高校党的工作有其特殊规律，高校党组织挂在地方基层党委并不是很合适。黄清云当即向时任市教卫党委副书记项伯龙做了汇报，上级对民办高校党建的地位、作用、体制等做了一系列调研，并做出了工作部署。作为临时措施，经请示市教育党委领导，建桥党总支于2001年2月28日成立，黄清云任总支书记，挂靠在上海电视大学党委。这在当时也是创新之举。后来，市教卫党委决定成立中共上海市民办高校工作委员会，建桥是第一个经市教育党委批准同意，按规定程序建立党委的民办高校，黄清云担任了首任党委书记。此后，在董事会的持续支持下，党组织在学校发展壮大过程中，创新发挥了政治核心、保障监督、推动促进、服务协调等积极作用。

五

黄清云认为，民办高校要想在上海立得住、办得好，质量是生命线，此外，还要有特色。因此，他高度重视办学质量，在建校初期，就根据建桥实际与社会需求，确立了应用型办学定位，之后，在他的领导下，学校逐步形成了“以人为本、德育为先、依法治校、严格管理”的质量方针。

“以人为本”，黄清云强调“办学以教师为本，教学以学生为本”，他把学生发展摆在首位，提升了学生在学校中的主体地位，在学校管理、社团组织、党建活动等各项工作中，更加注重发挥学生的积极性与主体作用，且从制度上、经费上加以切实保障；“德育为先”，突出了德育的重要性，培养学生不但要学会做事，更要学会做人，黄清云每学期都亲自给全校学生上一堂思想政治课；“依法治校”，重视学校章程、《学生手册》等规章制度的制定与修改，根据民办特点不断完善一系列管理制度，依照规章制度开展工作；“严格管理”体现在学校推行科学严谨的管理风格……这16字方针集中体现了黄清云对质量管理的总思路、总要求。这个质量方针一直沿用至今，长期指导着学校的健康快速发展，可见当时制定时的理念是比较超前的。

在此方针指引下，学校一路上取得了丰硕的办学成果——

建校第一年，2000年前后，当时政府规定刚举办的新学校不能独立办学，对民办学校的管理实行学历文凭考试的制度，10门左右的主课要参加市里组织的统考，首届建桥学生第一学期参加市里的统考，合格率全市第一；另外，无论是英语四、六级等级考试，还是参加全市新升本高校高等数学统考，建桥均名列前茅；2005年，学校顺利升格本科；承担了国家依法自主招生改革试点任务；2007年，成为上海首批挂牌的技师学院之一；市辅导员培训基地落户建桥，成功创建市文明单位，获得学士学位授予权，进入“中国民办大学十强”行列……

六

公办高校与民办高校有共性，这是黄清云敢于投身民办教育接受新挑战的底气。但民办高校又有特殊性与优势。民办高校资源少，办学时间短，校园文化积淀浅，师资力量薄弱，社会偏见多，凭什么能与公办高校竞争，开创自己的一方新天地呢？民办高校的优势又是什么呢？怎样充分发挥民办优势，扬长避短，保证质量，办出特色？……这些是黄清云多年来始终思考、不断探索的大命题。时至今日，他回顾总结，建桥之所以发展这么快，在于充分发挥了民办体制机制优势——

建桥实行董事会领导下的校长全面负责制。当时政府规定，民办高校实行董事会领导下的校长负责制，建桥则多了两个字“全面”。合作伊始，周星增就表态，董事会只管三件事：一、任命校长，副校长由校长提名，经董事会同意；二、每年两次董事会，校长向董事会做述职报告，讨论决定学校经费，预算通过即由学校使用；三、重大合作办学必须通过董事会。周星增给予校长自主办学权，是充分信任、充分放手的，让黄清云完全可以按高等教育教学规律办事。

民办高校体制机制优势还渗透在办学各个层面。如，根据市场需求设置专业、引进教师、吸引考生。在以人为本、服务师生等方面，类似事例俯拾皆是。黄清云印象最深的有两件事：一是2003、2004年间，建桥建了校舍15万平方米，花了3个亿；与此同时，某公办高校松江校区也建了15万平方米校舍，花了6个亿。在民办高校，办事成本普遍要比公办高校低得多，显现了效率快、效益高的特点。第二件事，2001年7月某一天，黄清云想了解学生期末复习情况，于是来到学生宿舍。当时宿舍没装空调，热气腾腾的，学生们在地上铺了席子，赤膊学习。于是，黄清云向周星增及财务总监郑祥展提议，能否改善一下学生的学习条件？宿舍里装空调。周星增、郑祥展当即同意，一个暑假即全部安装完成。当时上海公办、民办高校都没有学生宿舍装空调的。如果这事放在公办高校，从申报到批复需要经过一道道复杂烦琐冗长的流程。

2010年秋，建桥举办了隆重的10周年校庆典礼，黄清云因为年龄原因卸任校长一职，担任学校副董事长，参与校内高层决策事务，及应邀出席校外诸多社会活动，他依然十分忙碌。在诸多光环与荣誉中，黄校长特别看重“上海市劳动模范”这个称号。他说，“因为劳动能够创造财富，所以劳动是伟大的；因为教师的劳动在于培养人才，所以教师的劳动是伟大的；因为人才是所有财富的源泉，所以教师的劳动更加伟大。我从一个普通教师成长为一名高校校长，从成人教育、远程教育做到民办教育近60年的漫长劳动，还有什么比这个荣誉更让人满足和珍惜的呢？”

（何羽　整理）

党的召唤是我一生志愿
——记原党委书记、副董事长蒋威宜教授

走进蒋威宜的办公室，处处都是小山似的书籍、文件、报纸、手稿，无言地诉说着主人的忙碌与敬业。每周住校五天，有时甚至节假日都留校，办公室的灯光每天亮到深夜，甚至凌晨、清晨……身边的同事、亲友都劝她“该歇歇了”，但她还像年轻人一样拼，依然是个“拼命三郎”，这是几十年如一日养成的习惯了。

一

鲜为人知的是，蒋威宜的大伯是上海解放的功臣蒋子英。上海解放前夕，蒋子英先生曾劝降国民党守军，保住杨树浦电厂、水厂、煤气厂，使上海解放最后一个堡垒的攻克兵不血刃，不费一枪一炮。这一重要功绩已被历史永远铭记。

蒋威宜的舅舅于1938年历经艰辛奔赴延安，投身抗战，腿部被子弹打穿。无论战争年代还是和平环境，他一生对党赤胆忠心，毫无保留，最后的遗言是捐献器官，把骨灰撒在战斗过的地方。

身边亲属的言行，还有董存瑞、黄继光、焦裕禄、雷锋等榜样的先进事迹，潜移默化地影响着蒋威宜的成长，使她自青年时代起就具有了敬业奉献的品格和坚韧不拔的意志。1970年至1973年，没有一分钱报酬，她坚持做了三年社会工作。1973年底正式入党，

人物简历

蒋威宜，女，1949年1月生，江苏宜兴人，中共党员，教授，硕士生导师。1982年1月华东师范大学数学系本科毕业（学士学位），1993年7月华东师大政教系研究生毕业（硕士学位），1992年5月至1992年12月美国威斯康星大学史蒂文斯·波因特分校访问学者。1982年1月至1994年8月，华东师大数学系辅导员，数理统计系党总支副书记、副系主任，校党委委员，党委学生工作部副部长、部长。1994年8月至2009年9月，上海师范大学党委副书记、副校长。2009年9月至2015年6月，上海建桥学院党委书记、副校长；2015年6月至2019年12月，上海建桥学院董事会副董事长；2019年12月至今，上海建桥学院决策咨询委员会常务副主任。社会兼职：教育部学位中心评审专家、全国民办高校德育研究会副理事长。曾任上海市教育学会副会长、上海市妇联执委、上海市徐汇区人大代表。曾获上海市三八红旗手、上海市高校学生思政工作者标兵、上海市精神文明建设优秀组织者、全国教科文卫体系统先进女职工工作者、上海青年志愿者行动杰出贡献奖、上海市教学成果一等奖（领衔）、上海市“两新”组织优秀党务工作者等奖项。曾主编著作7部、公开发表论文40余篇，多篇论文被《人大复印资料》全文转载，两部著作和多篇论文在全国高校思研会、全国民办高校党建和德育工作研究会与上海市高校思研会获奖。

她的入党动机概括起来就一句话：为人民谋利益，把一切奉献给共产主义事业。

1982年1月，蒋威宜从华东师范大学数学系本科毕业。毕业前夕，辅导员找她谈话，说系党总支打算让她留校担任学生辅导员，她当即表示愿意接受组织安排。她说：“我是一名中共党员，党的召唤就是我的志愿。”就这样，一个决定，让她在学生工作与高校思想政治教育领域投入了近40年的学习、探索、研究、实践。

二

2009 年 9 月，蒋威宜被组织委派到上海建桥学院担任党委书记，兼分管学生工作的副校长。忍着母亲刚去世的悲痛，蒋威宜一头扎进了工作。经过深入调研，她认识到建桥学生总体积极向上，有个性开朗、乐于助人、活动能力较强等优点；但也有不容忽视的两块短板：一块是学习上的，相当一部分学生学习动力不足，没有掌握科学的学习方法、更没有养成良好的学习习惯。另一块是行为上的，部分学生比较自由散漫，规则意识较差，陋习较多。为此，她深感忧虑、焦急。

通过进一步的调研与全面的思考，蒋威宜针对建桥学生的特点，对学校人才培养工作做了系统构建：

确立培养规格。她提出了“民办高校也能培养一流人才”的观点，并提出了“在要求学生全面发展的基础上，应将培养规格定位在‘两优一特’（即思想道德素质优、能力素质优、专业素质有特色）上”。

明确工作理念。她指出学校应确立三个总的工作理念：立德树人，为了每一个学生的终身发展，以学生为中心。她本人提出了三个育人理念：每个人都是金子，人人都能成才，一个都不能少。六个具体工作理念：从大处着眼，从小事入手；从学生存在的问题和弱点抓起；将认知教育与行为训练相结合；给学生更多的机会和舞台；将思政工作贯穿到学生的学业之中；一以贯之，形成特色与传统。

选择路径载体。她提出了六个可以打造成品牌的育人载体：培养雷锋式大学生的“雷锋志愿者”活动；以形成“三礼十无”行为规范为主要内容的“文明工程”创建活动；以清洁校园为主要内容，旨在增强大学生综合素质的“文明修身”行动；以提高英语四级、计算机一级、普通话测试通过率和提升考研、考证通过率等为抓手，旨在激发学生学习动力、培养学习兴趣、提高学习质量的“奋发学习”活动；培养学生“三自能力”（自我教育、自我管理、自我服务能力）的“宿舍自管”模式；构建网上精神家园的“易班”平台（由蒋威宜主编，反映“易班”成果的著作获全国民办高校党建研究会优秀成果一等奖）。

建立教育体系。她提出要“确立一个目标：培养一流的应用型大学生；开展两种教育：养成教育、成才教育；实施三项工程：文明工程、素质工程、党建工程；占领四大阵地：课堂、宿舍、网络、社团”。

形成工作格局。她提出要“打破德育与智育、第二课堂与第一课堂、辅导员与专业教师、学生工作部门与其他职能部门之间的‘四个壁垒’，形成大德育（即全员德育）、统德育（即各职能部门统一步调抓德育）、全德育（即全程、全方位德育）‘三种格局’”。

狠抓三支队伍。三支队伍是指教师、干部、辅导员队伍。她提出了育人工作项目化，教师和干部人人承担一项的要求；推出了教师课堂七项师德规范；要求辅导员具备六项素质：媒体人的“敏感性”，学生工作的“全科医生”，对学生情况了如指掌的“活字典”，视学生为自己的“弟妹和儿女”，让学生“佩服”自己（具有人格和学识的魅力），懂得思政工作“键对键”不能替代“面对面”。

多年来，上述育人工作构建与理念，以及在党建、师德建设和精神文明建设等方面的理念，不仅在建桥校园得以深入实践、硕果累累，蒋威宜还应邀在海峡两岸四地教育论坛、日本长崎历史博物馆、全国民办高校德育论坛、全国民办高校党建研讨会，以及市教卫工作党委系统相关会议上做了近20次演讲、发言和专题交流，受到与会者一致好评。她的理念、思考和探索、实践，与习近平总书记倡导的“问题导向”“底线思维”“一个都不能少”（面向全体）“落细落小落实”“知行合一”“补短板”“强弱项”“久久为功”等理念十分契合。

三

面向广大学生，蒋威宜啃下了三块“硬骨头”。

“三礼十无”规范。2009年10月，针对学生在行为上的短板，她在全校发起了以形成“三礼十无”（一开始为“一礼六无”）规范为主要内容的首届文明工程创建活动。“三礼”即：课堂行注目礼，校园行问候礼，宿舍行待客礼。“十无”即：课堂——无迟到早退和随意进出现象，无将饮料瓶和食物放桌上现象，无打瞌睡、使用手机和讲废话现象，无踢脚印、球印和乱刻画现象，无考试作弊现象；校园——无乱扔垃圾现象，无吸烟现象，无男女同学交往不文明现象，无浪费水电和粮食现象；宿舍——无违章使用电器和熄灯后高声喧哗及外出、晚归现象。

“三礼十无”涉及的都是校风、学风的底线问题。从2009年10月至2015年3月，学校一共开展了六届文明工程创建活动。经过全体师生的共同参与，校园风气发生了明显变化，大学生基础文明素养获得了显著提高。2013年9月，教育部合格评估专家组组长吴平教授对“三礼十无”规范深表肯定。

“文明修身”行动。针对大学生（包括公办和民办）普遍存在的三个弱点（吃不起苦，经不起挫折，放不下架子），四个偏向（重个人轻集体，重理论轻实践，重智育轻德育，重权利轻义务），五个缺乏（缺乏责任意识、公德意识、劳动意识、自立意识、环保意识），2010年4月1日，蒋威宜推出了以清洁校园为主要内容的文明修身活动，此活动被学校列为素质拓展和德育践行必修课程，并计学分。

12年来，建桥共有4万多名大学生参加了该项活动。通过“当一段时间的清洁工”，学生们磨炼了意志，培养了吃苦精神、敬业精神、团队精神、奉献精神，增进了对劳动、劳动者和学校的感情，他们称文明修身是“最难忘和最精彩的经历之一”。2013年9月，“文明修身”活动获得了教育部合格评估专家组全体成员的高度赞扬。同年10月，“文明修身活动——大学生德育践行品牌课程”成果获“第二届全国民办高校党的建设和思想政治工作优秀成果奖”。

最大“民生工程”。大学生就业关乎学生的生存与发展，关乎千家万户的切身利益，也涉及整个社会的稳定与祖国的未来。2011年，蒋威宜提出“大学生就业是学校的最大民生工程”这一观点。为了抓好就业工作，除了做好一些基础性和常规性工作之外，她还提出并落实了如下举措：

设立就业工作的明确目标。针对2010年就业率虽高但签约率仅58.3%的现状，她提出2011年的目标是“98/70”，即学生就业率达到98%，签约率达到70%；以后三年签约率渐次提升。

推出“三个一工程”的理念。即就业工作是“一把手工程”，学校和院系党政一把手要亲自抓；就业工作是“人人工程”，即全员动员，尤其要发动全体教师参与就业工作，做到人人身上有指标；就业工作是“天天工程”，即逢会必讲就业，每天都要抓落实。

建立考核和奖惩机制。即实现目标的院系就奖励，每年表彰就业工作的先进集体和个人；对未实现目标的院系，在专业的设置和招生数等方面给予一定制约。

经过全校共同努力，建桥学院就业率和签约率每年都超出预期目标。2011、2012、2013、2014年分别达到“98.8/82.1”“99.37/93.38”“99.8/95.3”“99.6/96.2”，在上海市新建本科院校和独立学院中名列第一。社会评价机构麦可思对建桥就业情况也做了较高的评价。2013年11月，建桥学院被上海市政府评为“促进就业先进单位”（全市高校系统获此殊荣仅一家）。

四

面向全校教师，蒋威宜进一步强化思政工作，破解了全员育人难题。

蒋威宜到建桥工作后不久，便感觉到民办高校的教师与干部群体，从总体上来说爱岗敬业、认真负责、乐于奉献，师德师风是好的。但也发现在部分教职工中或多或少地存在着不容忽视的、与民办体制相关的四个问题，必须予以解决。一是须摈弃受聘于人的雇佣思想，增强主人翁意识和对学校的归属感；二是须摈弃量入而出的打工思想，增强事业心和奉献精神；三是须摈弃图安逸享轻松的养老思想，增强责任感和使命感；四是须摈弃无所作为的短期思想，追求卓越与精彩。

她拿出的解决办法之一是坚持正面教育，树立师德师风方面的先进典型，作为大家学习的榜样。经她倡议，学校从2012年开始，每两年评选一次“我心中的好老师”，她还亲自为第二届被评上的10位好老师撰写颁奖词，在表彰大会上宣读。

在首批10位好老师中，辅导员刘伟山老师凭着他所带年级专业英语四级通过率高出全国平均水平19.5个百分点、网上“易班”工作在上海高校3500多名辅导员中名列第一、全校大学生党建工作第一、大学生就业工作第一等诸多第一的骄人业绩，以及爱生如子、以校为家、夙夜为公、忘我工作的崇高精神，被推荐为全国优秀教师、全国优秀辅导员、上海十大教育新闻年度人物、上海十大辅导员年度人物。这是建桥教师迄今为止个人获得的最高奖项，被《解放日报》《中国教育报》《上海教育》等重要媒体头版头条、长篇报道。

“全员育人”工作历来是各高校老生常谈的话题，也是一个未被破解的瓶颈问题。2010年4月至2012年，校党委按中央要求在全校开展“创先争优”活动。经蒋威宜倡导，将破解“全员育人”难题列作该项活动的主题之一，并力求从改变观念、设立岗位（做到“育人工作项目化，人人身上有项目”）、建立机制三个方面来加以落实。

经过半年多努力，在全体共产党员的示范下，全校500多名教师和干部全部都承担了第二课堂的育人项目，全员育人在学校蔚然成风，其中涌现出大批的先进人物和许许多多的感人事例。

五

作为党委书记，蒋威宜在主持党的建设、学校民主政治建设、精神文明建设方面所做的工作也是可圈可点的。

蒋威宜注重抓党的建设。2013年9月12日，以反对“四风”为主要内容的、党的群众路线教育实践活动在建桥拉开帷幕，历时半年多。这次活动在蒋威宜的主持下，彰显了四个特色：敞开大门搞活动，接受群众监督；重拾批评与自我批评武器，触及灵魂；落实整改，成效显著；立足长远，建章立制。根据中央的“作风方面”问题严重的党员、干部要“进行查处”这一要求，学校对两名群众反映强烈的同志进行了处理。一是将严重脱离群众，工作不在状态的原党政班子主要领导做了调整，不再担任学校主要领导。二是将收受学生家长2000元购物卡的一名辅导员，在已经退赔的基础上做了辞退的处理。在处理这两个案例的过程中，党委旗帜鲜明，充分发挥了监督保证作用。教委系统第六督导组对建桥这次教育实践活动做了高度评价，称“活动的各项工作组织有力，各个环节推进有序，规定动作做得到位，自选动作富有特色，立行立改成效明显”，“这次活动实现了预期目标”，“给督导组留下了深刻印象”。

蒋威宜大力开拓民主政治建设。主渠道教代会实现了四大突破：一是提升和完善一级教代会；二是设立二级教代会制度；三是重要事项实行“票决制”；四是领导向教代会述职，教代会民主测评和评议干部。2010年，建桥学院工会被评为上海市教育系统优秀工会组织（民办高校唯一）。2014年4月，她本人也获得了“上海市教育系统心系教职工的好领导”称号。

蒋威宜高度重视学校精神文明建设。她非常善于以社会重大事件为契机，开展教育活动，弘扬主旋律，传播正能量，在全校师生中形成了奉献社会、凝聚大爱的氛围，也充分彰显了建桥学院是一所具有强烈社会责任感的民办学校。如开展“世博先锋行动”（校党委被上海市委授予“创先争优世博先锋行动五好基层党组织”称号）、“世博，文明修身万人行动”（该行动获“市教委系统精神文明十佳好人好事”称号），为玉树、雅安地震灾区募捐活动（全校师生共募集善款54万元），建党90周年“牢记使命，继往开来”五红系列活动（唱红色歌曲，看红色电影，讲红色故事，学红色历史，做红色传人），等等。

在建校15周年之际，她组织发动全校师生开展大讨论，提炼了“建桥核心价值体系”，其中首次概括的“敢为人先，艰苦奋斗；追求卓越，自信自强；同心育人，包容协作；爱国奉献，勇于担当”建桥精神对学校的改革发展和人才培养等各方面工作持续发挥了引领作用。

在蒋威宜的大力推动下，学校的传统德育项目“学雷锋”活动形式不断创新，内涵不断丰富，境界不断提升。2013 年 11 月，学校“雷锋精神塑造校园文化品格”获教育部第七届全国高校校园文化建设优秀成果三等奖（为上海民办高校唯一）。2016 年，蒋威宜又向董事长建议学校设立雷锋纪念馆，该建议被采纳（最后确定建雷锋馆），她还亲自参与了雷锋馆总体思路和内容的设计等工作。

在周星增董事长的倡导下，蒋威宜亲自组建并倾注大量心血的大学生交响乐团和大学生民族乐团、重建的大学生合唱团，已达准专业水平。8 年多来，三大乐团屡屡获奖，频频参加各类重要演出，已成为学校精神文明建设和文化建设的一大品牌，大学生德育教育的重要渠道、美育教育的一大特色，对外则是学校的一张亮丽名片。

多年来，在董事会的正确领导和学校党政的积极带领下，通过全校上下、全体师生的共同奋斗，建桥学院于 2015 年 2 月首次获得了全国文明单位称号（民办高校唯一）。

六

蒋威宜亲民随和，作风踏实。师生们什么话都愿意跟她聊，她也很善于倾听教职工和学生的呼声，全心全意为他们做好事、办实事，如想方设法解决青年教师子女“入园难”问题，助力素不相识的大学生考研等。她还利用寒暑假、国庆节等休息时间，到医院或家里看望患病教职工，上门慰问困难教工、先进、办学骨干等，达 150 多人次。

蒋威宜善于思考，勤于动笔。她做报告、讲话、总结、发言、汇报、交流等的稿子一般由她本人亲自撰写，不请人代笔。她撰写的文章都具有一定的深度。如 2017 年 3 月，在建桥雷锋馆开馆之际，她撰写了 1.4 万字的理论与实践相结合的文章《今天我们怎样学雷锋？——重读〈雷锋日记〉后的若干思考》，在《雷锋》杂志、《锋声》等平台上发表，广受赞赏。

蒋威宜思想敏锐，勇于创新。“三礼十无”规范、“文明修身”行动、学生宿舍“三自模式”、党建“全覆盖模式”、育人工作“项目化”、“两级教代会”制度、教代会“票决制”、网上易班的“校长在线”等，都是她在建桥学院的工作首创，在全国民办高校也开了先河；前述许多培养人才思想的提出，以及雷锋精神的提炼与雷锋 17 种品质的概括等，则是她的理念和观点创新。“文明工程”“最大民生工程”“一把手工程”“人人工程”“天天工程”的推出，是属于她的工作方法创新。

现在，尽管蒋威宜已不在党委书记任上，但她仍非常重视理论学习，仍是那么忙碌、勤奋、投入。她对习近平总书记关于教育等方面的一系列重要论述潜心精研，每有心得体会，或凝聚笔头形成文字，或与党支部同事交流，或在学生入党积极分子采访她时分享，或在师生中进行宣讲，或向校董事会提交决策咨询建议。她说：“看到学校在发展，学生们一天天在进步，这就是我最大的成就！”

（何羽　整理）

应对变化，学习是永恒的
——记原常务副校长张家钰教授

2006 年前后，上海 10 所新建本科院校陆续进入学士学位授予权审核阶段。各新升本高校都在四处物色、引进这方面的专家。张家钰，原东华大学校长助理兼研究生部主任，又是教育部本科教学水平评估专家，有着近 30 年本科教学和领导经验，快到退休年龄的他自然成了多所高校紧追的“老法师”。

2007 年，张家钰应黄清云校长邀请，担任校长助理兼教务处处长。前期他已在建桥工作一段时间了。有次遇到某公办高校校长，对方还念念不忘想“挖”他：“别在建桥干了，到我这里来！”张家钰笑道：“我是想干事的人。公办高校那种模式，我已经领教过了，我都干了几十年了。民办高校的体制机制我没接触过，我想试试看，把我在公办模式下没做成的事在民办模式下做成功！”看张家钰口气这么坚决，对方只好放手了。

一

话虽这么说，同时也有黄清云校长放手让他去干，但张家钰来建桥的第一年，“老法师”还是认认真真当起了“小学生”。为什么？他固有的那套思维模式在建桥切切实实碰到了新问题。

人物简历

张家钰，男，1947年5月生，上海市人，研究生学历，硕士学位，教授。1993年加入中国共产党。1968年毕业于西安交通大学（本科），1981年毕业于华东纺织工学院（硕士研究生）。1968年至1972年，先后在部队、农村锻炼。1972年至1978年，河南省信阳地区农业学校教师，机修厂技术员。1981年至2006年，东华大学教师、机械制造教研室副主任、机械工程系副主任、校教务处处长、校党委委员、校长助理兼研究生部主任。2006年起，历任上海建桥学院校长助理兼教务处处长，副校长兼继续教育学院院长，常务副校长、董事。社会兼职有：中国机械工程学会高级会员、全国高等学校教学研究会理事等。

2006年9月，建桥学院第一批本科新生入学。自此，学校进入了从专科教育向本科教育转型的新格局。办学思想怎样适应应用型本科教学需要？教、学、管各方面工作又如何同步跟进？所有这些问题都亟待在全校教职工中统一思想，统一认识，统一步调。一场有关办学思想与文化理念方面的大讨论活动就此拉开序幕。大讨论自2006年9月开始，一直持续到2007年初。其间，学校推出三场辅导报告，张家钰主讲关于本科教育的报告。

张家钰回忆，那次做报告时讲得头头是道，那都是纯理论。实际上当年他是在不断学习、研究，深入了解建桥，做思路上的大调整。

首先是根据生源实际情况调整思路。起初，他与教务处副处长何仁龙对建桥学生的生源特点、学习基础没有充分估计，用的还是公办重点高校那套管理制度和课程体系。重点高校的学习规定都很严格，教学定位是厚基础、薄专业，学生几门课考不及格就要留级。但在建桥一个学期试下来，就发现行不通。尽管建桥第一届招收的703名本科生，与其他新升本高校的生源相比，还是不错的，但也一下子接受不了这么严格的管理制度。建桥的办学定位是培养应用型人才，将来是到一线的工程师、管理师。张家钰大学毕业后曾在河南省信阳地区做过机修厂技术员，有一线工作的实际经验与感受，深知一线的工程师、管理师现场需要解决的问题，都是实实在在的技术问题。所以学生一定要在学校加强实践能力，将来才可能适应工作岗位的需求。人才培养目标上的不同定位必然带来课程体系的调整和教学模式的改变。

根据师资队伍实际情况调整思路。公办学校的教师都是聘任制，全年任务包干。在建桥，张家钰要求老师下课后留校答疑，辅导学生，有些老师说："做事没问题，但这算多少工作量呢？"张家钰起先对这一点很不习惯，觉得有的老师太计较了，后来想想这又是符合实际情况的。因为建桥好多老师都是兼职的，按课时费计酬的，平时上完课就走人。要人家多做工作总得尊重人家的劳动吧……

可以说，2007 年一整个学年，张家钰都是在做调整，不断吸收消化理论，使之转变成行得通的现实举措。搞本科他是"轻车熟路"，但怎样把一所专科院校转变为本科院校，确实是一项体系繁杂的工程，远不是学制延长与课程叠加那么简单。由专科教育过渡到本科教育，需要在教育思想观念、人才培养模式、学科专业建设、课程体系、教学内容和教学方法等各方面进行全方位的变革。

二

2007 年 2 月 26 日，黄清云校长主持召开系、部门负责人会议，把张家钰提出的"定好位、入主流、重质量、创特色"确定为学校"十一五"转型期的工作方针。"定好位"，就是要求各项工作都要在"本科、高职、民办"的定位框架中进行；"入主流"，就是要规范办学，努力达到国家规定的本科教学的基本要求，培养合格建设者和可靠接班人；"重质量"，就是要以"育人"为中心，大力加强教学工作，切实提高教学质量；"创特色"就是要充分发挥民办高校体制机制优势，形成自己的管理特色和学科特色。

围绕着建桥培养应用型人才的定位，张家钰着重对实践教学体系的设计建设进行了一系列大刀阔斧的改革，加强了学生基本技能、专业能力、综合应用能力的培养。他设计了实验、实习、实训、毕业设计“四位一体”的模式，每学期都安排两周的集中实践环节。刚来的时候，他发现所有的实验室都集中在七号楼实验实训中心，由学校统管。他认为这样不合适，因为所有的实习、实验、实训都是跟着专业走的，都是课程的一部分，实习、实验、实训课程内容怎样设计，这些实验怎么做，谁来指导，都是靠专业主任带领自己的专业老师来实现的。于是他把实训中心拆分到各个系里，每个系相应成立自己的实验实训中心。所有的设备经费申请前，申请人先要讲清楚，开什么实验做什么实践项目，然后才能投入。一学期后检查验收，查看所有的实验报告及数据，确保投入精打细算，投下钱见到效益。

办学质量的保证，资源建设里除了实验室，很重要的就是课程资源。课程是抓好教学建设最基本的单元。张家钰推出了课程建设的“四个一”工程，即一个课程负责人、一个大纲、一本合适的教材和一套好的教学方法，花了三年多时间，分批建设完成 120 余门主干课程。

当时还面临一个难题：学校办在康桥，离市区较远，老师上完课以后就走了，学生有问题怎么办？张家钰认为，课堂教学只是学生学习的一种形式，远非学习的全部，应该拓展出去。在互联网时代，新的教学模式不断涌现出来，整个学习方式都要转变。基于互联网 + 模式下的教学改革，他又启动了基于网络的课程中心建设，要求老师把课程及相关资料都链接到课程中心上，要求学生积极上网持续学习、拓展学习。同时，课程中心还是师生交流的平台，学生提问，老师解答。到 2013 年迎接教育部本科合格评估的时候，课程中心已有 300 多门课程。

从总体上说，“十一五”期间的 5 年，学校多次开展办学思想大讨论活动，每年都召开教学工作会议，通过思想碰撞、经验交流，逐渐转变了全校的教学观念，形成“为学生提供合适教育”的教学观，从深化教学改革、强化教学管理、改进教学方法、注重实践教学、加强合作办学等方面，把“育人是根本，中心是教学”的办学观落到了实处。2010 年，建桥顺利获得了学士学位授予单位授权。

三

2010 年 3 月至 7 月，学校召开了第八次教学工作会议。这次会议，在总结 4 年来建桥本科教学经验得失的基础上，进一步明确应用型人才基本内涵和培养过程特点，提升本科教学质量，开启了新一轮教育教学改革的序幕。

时任副校长的张家钰在会上明确提出，应用型人才的培养要树立两个观念：促进人的全面发展，适应社会需要作为衡量质量的根本标准；尊重教育规律和学生身心发展规律，为每个学生提供适合的教育。改革的路径是实施“三个优化”：优化课程体系（解决的是“教什么”的问题），优化教学过程（解决的是“怎么教”的问题），优化评价方式（解决的是“怎么考”的问题）。改革的重点，一是在管、文、工学科门类中各选 1—2 个专业进行改革试点，逐步形成有建桥特色的人才培养模式；二是通过实施“三个优化”，推进整个面上的改革；三是在全部教学工作中明确“建设是基础，管理是关键，改革是核心，监控是保障”的思想认识。在本科层次应用型人才培养过程中，学校不强调学科本位，而是要面向社会，以学科为基础，以能力为本位，以需求为导向，真正改变传统教育教学中“重学科知识体系，轻社会需求；重知识传授，轻能力培养；重学科知识生产，轻学科知识应用”的倾向，做到人才培养与社会需求之间的无缝衔接。

在获得学士学位授予权后的两年间，学校围绕“三优化”先后开展了“说课”和“说专业”活动。2010 年秋的“说课”，载体是课程或课程群，内容是教什么、怎么教和怎么考，方式是人人参与、共同研讨、形成共识。2011 年秋的“说专业”，重在研讨专业的顶层设计和建设思路，形成有亮点、可操作的改革设计及改进措施，应用型人才培养思路，为学生提供能够适应需求、适应变化、适应发展的本科教育。这两项活动均取得了阶段性成果。2011年，学校还设立了素质拓展学分制。张家钰认为，学生在第一课堂上的时间是有限的，大量的学习要向第二课堂、第三课堂拓展延伸。以前对第二课堂、第三课堂没有明确要求，没有组织，没有规范，现在要把学生的课外时间管理起来，引导学生有意识地做一些事（如考取技能证书等），来获得学分。

2012年10月，学校启动了"以学生为中心"的教学思想大讨论活动，为期一学年。目的是进一步深化以"三优化"为主导的教学改革，从"以学生为中心"的新视角和新模式，对课程教学改革做出新的探索和突破。张家钰强调，确立"以学生为中心"教学思想的核心内容，一是改变教师的教学观，二是明确教学的目的不在"教"而在"学"。以学生为中心，就是要把学生及其需要作为关注的重点，把学生视为教育改革的主要参与者，教师要从以"教"为中心向以"学"为中心转变。以前是以教师、课堂、教材为中心，现在是以学生学习为中心，处处都是课堂……

通过以上一系列措施不断夯实、做强本科，2013年，学校通过了教育部本科合格评估，这标志着建桥已从一所专科院校真正转变为合格的本科高校，完成了第一次转型。之后召开的第九次教学工作会议，主题是"共识、改革、发展"。共识，对应用型人才的培养要形成共识。改革，就是要进一步推进教学改革，目的是为了建桥的进一步发展。以此作为对合格评估以后落实整改的举措。

四

2014年以来，学校开始了第二次转型。其间，张家钰做的最大的一件事是，设计并主持实施了卓越建桥计划。

卓越建桥计划是一个以学生为中心，全面提升学生就业竞争力的综合改革计划，理念是把提高学生就业竞争力作为学校的核心竞争力，以课程面、教师面、学生面、全校面四个层面为抓手，统领全校工作，通过专业课程、学生服务、师资建设、质量管理四大关键要素优先改革，引领学校内涵建设，全面提高应用型本科人才培养质量。这也是建桥建设国内一流民办高校的具体行动方案，根据先易后难，先建章立制后试点推开的原则，连年实施下来，建桥的应用型本科内涵不断彰显。

“卓越建桥计划”的创新之处在于，有一套结构化、精准化的应用型人才培养目标体系，OBE 和 ISO9001 两项工具确保人才培养质量闭环改善，围绕本科人才培养“五个度”，优先改革“四要素”，确保转型出成效。实施“卓越建桥计划”之后，社会需求适应度上升，培养目标达成度提高，办学条件保障度提升，质量保障体系有效度增强，学生和用人单位满意度提升。“卓越建桥计划”的实施有力地推动了学校的改革和发展，改革经验在应用型人才培养模式、现代大学治理、高校质量管理、高校德育等领域都具有前瞻性与创新性。

真正要把一所普通本科院校变成有特色的应用技术大学，校企合作、产教融合是必由之路。与“卓越建桥计划”实施同步，一批代表前沿方向的新项目、大项目先后引进建桥，落地开花。如，2015 年 4 月，建桥学院携手中兴通讯，在教育部的统一领导下，合作组建“ICT 产教融合创新基地”。基地开展高校人才培养及科研新模式，并通过企业研发项目走进校园模式，实现科研创新工作的体制与机制创新。2017 年 1 月，建桥被教育部确定为全国 17 所“互联网 + 中国制造 2025”产教融合促进计划试点院校之一，也是上海市唯一入选的试点院校。获批试点后，建桥完成“智能制造实习工厂”“智能控制实验中心”“智能制造应用创新中心”等平台建设，为区域经济发展培养输送互联网 + 智能制造的复合应用型技术人才……

2016 年 10 月，由于年龄原因，张家钰不再担任副校长职务，主要协助管两件事，一是协助抓好本科审核评估工作，二是建立学校的质量保障体系。眼下，这两件事都顺利完成了，他笑呵呵地说：“今后我只担任顾问，这下可轻松多了。”

张家钰最大的特点是不断学习，不断有新的想法冒出来。他说，互联网背景下的教育，人工智能条件下的教育，科学技术巨变的时代也促使教育观念、教育模式发生着翻天覆地的变化。如果不学习不研究，肯定做不好工作。特别是当老师的，从事教育工作的，一定要不断学习新东西，千万不能满足于原来的知识体系。应对变化，唯有学习是永恒的。

（何羽　整理）

耄耋之年话建桥
——记原副校长郑朝科教授

2019 年 12 月 31 日上午 9 时许，元旦前夕的冬阳照到杨浦区长浜路一处幽静的小区里，小区里绿树葱茏，室内暖意如春。笔者拜访了原副校长郑朝科教授。郑老身着灰绿色外套，虽年已耄耋，但精神不减当年。他刚从手机微信上得知，此时此刻，“建桥教育”股份正在香港面向全球公开发售，将在 2020 年 1 月 16 日于香港联交所主板上市，那清瘦的面容满含笑意，他笑着说：“当年我刚来时，可没想到建桥会发展这么快啊！”

一

20 世纪末，为适应国家高等教育大发展的形势，民办高校应运而生。

2000 年 3 月，退休已两年的郑朝科推掉了同济大学返聘的工作，应建桥创校校长黄清云邀请，出任教学副校长。他有着普通高等教育、成人高等教育工作的丰富经验，且在主持同济大学成人高等教育近十年中成绩斐然，曾被上海市教委表彰为“上海市成人教育十佳”（全市普通高校唯一），对各专业办学都有一定了解。因此，他对来建桥分管教学心里有谱。

当时，上海多数民办高校是由一些刚退休的高校教师自发组织起来开办的，大多是“三无”起家，即：无办学资金，无专职教师，无自有校舍。对比之下，建桥办学起点高、

人物简历

郑朝科，男，1937年9月生。福建霞浦人，中共党员，教授。1961年同济大学毕业后留校任教，编著有《电机学》《电力拖动基础》等4本高校专业教材。他在从事专业教学的同时，兼任党政管理工作，曾任系党总支书记、校继续教育学院常务副院长、校成人教育委员会常务副主任。在他主持工作近十年中，同济大学的成人高等教育成为国家教委直属高校成人教育的排头兵，多次被教育部（国家教委）和市教委评为优秀学校。他主持的"工科高等函授教育的改革与实践研究"课题获上海市教学成果一等奖。先后8年当选为全国普通理工高校成人教育研究会副理事长、理事长，上海市远距离高等教育学会会长。1995年被上海市教委表彰为"上海市成人教育十佳"（全市普通高校唯一）。2000年，他从同济大学退休，被上海建桥学院董事会聘任为教学副校长，参加学校创办工作。

投入大，招生前已有新建校舍5万多平方米，教学楼、学生宿舍、食堂一应齐备，同时聘请了雄厚的师资力量，这些都深深吸引了众多考生和家长。

经招生宣传后，前来报名的学生数达到5000多人，经过筛选录取了1352名。学校筹建工作算是"开门红"了。同时，郑朝科也听到兄弟学校和社会上各种担心的议论——当时其他学校一般只招三四百名新生，主要是担心这些落榜生达不到国家统考的水平，统考合格率不高——大家为建桥第一年就招这么多学生捏把汗。于是，如何组织教学就迫在眉睫了。

第一学年建桥开办了11个专业，都是社会上热门和实用的专业，如：计算机应用、英语、房地产、新闻、广告、艺术设计、工程管理等。同时从重点大学刚退休的院长、系主任中聘请了10位专业主任，如华师大的汪燮华，同济大学的陈炳权、王曾纬、赵财福、董景寰、高连娣，上外的袁鹤鹃等一批知名教授，负责筹建各个专业，再通过他们聘请到复旦、同济、华师大等名校刚退休或在职的副高以上职称的教师50多名，组成专兼职教师队伍。

师资聘请到了，有些民办高校往往都是给教师一张课程表了事。但郑朝科的工作才刚刚开始，他苦思冥想的重点是：面对这批低于当年高考录取线50分以内的落榜生，重点大学的教师如何因人施教呢？

在正式开学前，郑朝科组织这批来自不同高校的教师开展教学研究，并形成定期活动的制度。全校性教研活动每学期两次（开学初、期中考后各一次），大家交流教学方法，考试中哪班学生哪门课程考得特别好的，或是特别差的，都要深入总结，具体细致地研究如何从学生的实际水平出发，拾遗补缺，耐心辅导，在教学过程中采用适合生源特点的教育教学方法和管理模式，循序渐进，帮助这批学习困难的学生打好基础。

紧接着，郑朝科主持、推进了教学环节的一系列改革。努力改变以学科为中心的传统教学，坚持以能力培养为中心，基础理论课以“够用”为度。如，《高等数学》减少定律、公式的推导，加强解题能力的培养。专业教学强调针对性和应用性，在培养计划中加强实践教学环节，实践教学的学时数达到总学时的40%左右。此外每个专业还增加了综合性的专业实习和社会实践时间。一、二年级每学年结束时均安排2—3周的社会实践和实训教学，三年级下学期集中安排综合性毕业实践环节，同时各专业还将职业资格证书考核安排到教学计划中。

大家研究下来还认为，这批学生在高考时“考砸了”，问题大多出在文化基础、学习方法和习惯上。为此，学校要求全体学生住读，强势推行早晚自修制度，帮助学生养成良好的学习习惯。同时，学校建立了全日制的辅导员教育管理制度，每150名学生配1名辅导员，每周5天辅导员与学生同学习，同生活……事实证明，这些措施对高等教育大众化后专科层次学生的成长，是很有帮助的。

国家学历文凭考试按规定每年统考两次，分别在1月和7月举行。2001年1月，建桥第一次组织学生参加市里统考，各门课程的总合格率是74.9%，高出上海市平均合格率14.1个百分点，名列全市31所民办高校、社会办学机构第一。同年7月的考试，建桥学生统考合格率为80.4%，高出市平均合格率17.6个百分点，名列全市第三。2003年7月，学校向社会输送了第一届毕业生，首届毕业生就业率就达94.4%。第一“炮”打响，让郑朝科信心倍增，也收获了转“战”民办高校的成就感。

二

当时社会普遍认为，民办高校的学生素质不高。民办高校要想改变这样的刻板印象，就一定要把抓教学质量放在最重要的位置。高等教育虽已进入普及化、大众化阶段，但对于民办学校而言，宽进严出是学校安身立命的根本。为了保证教学质量，建桥在改革教学方法，加强对学生辅导帮助的同时，制定并认真执行严格的学籍管理办法，每年秋季开学初都要进行一次学籍处理，留级或退学一批学生，为此，还出现了一场不大不小的舆情风波。

2004年秋季，建桥共有160名学生留级或退学，其中2003级物流一班就有近三分之一的学生留级或退学。家长质疑：如此多学生无法正常升级是否合理？为此向某知名媒体投诉。接到投诉后，记者起先也有点不信，主要以学费支撑生存发展的民办高校怎会如此大力度淘汰学生？于是立即赶到学校核实。郑朝科直言坦陈：确有其事。但他表示，没有一定的淘汰就没有质量的保证！全校学生5264人，这次被留级或退学的共160人，只占了3%，淘汰率仍在合理区间。此外，学校对于学生的升留级和退学是严格按照制度来执行的。学生在入学之初，学校就会组织学习《学生手册》，其中关于升级、留级、休学、退学和试读都有明确规定。学生如果考试不合格，有一次补考的机会；如果补考后一学年累计仍有3门主课不及格就要留级，有4门不及格就要退学。对于退学的学生，如果其有改变学习状态的决心，经学校批准可以允许留级旁听。次日，该记者以《建桥一个班砍1/3为抓教学质量？》这个抢眼的标题在一版位置给予了报道，虽然报道比较客观，但标题中的问号还是透露出半信半疑的味道。这就是当时建桥面临的舆论环境。好在学校执行制度时严格遵守公开公正的原则，最后终于平息了风波，建桥的“管理严格”也由此声名远扬。

三

学校开办3年了，办学规模已初步形成，校区占地487亩，建筑面积4.2万平方米。图书馆、实验室，按计划在建设中，在校生近7000名，已基本建成一个布局合理、功能完整、环境优美的校园，可保证教育教学活动的顺利开展。上海市政府发文学校定名为“上海建桥职业技术学院”，明确学校应培养上海发展急需的各类应用型人才。因此，学校多次召开教学工作研讨会，研讨高职学校的培养目标、教学环节的改革、实验实训基地的创建、师资队伍的建设，同时学校也向市教委打报告，提出申请参加上海市示范性高职院校建设工程的遴选。

当时学校确立的办学目标是本科层次，申本报告2003年就已提交。既然申本是目标，那么，专科层次办得像样、办得扎实也成了必须达到的条件。为此，郑朝科把申办示范性高职院校作为推进各项工作的抓手，边申报边建设。从软件上，教学计划按高职教育应用型的特点与要求来调整，师资队伍争取多招聘双师型师资，普通教师通过制度规定，下到相关企事业单位进行培养培训。从硬件上，主要是加强实训基地建设。

2003年，学校先后组织了两支考察队伍，一支是以校领导为主的，向北到西安、郑州等地，一支是所有专业主任都参加的，向南到深圳、广州，调查了解高职教育办学规律，高职院校的实训中心与普通实验室有什么区别。当时，深圳职业技术学院的实训中心给大家留下了极其深刻的印象，学生上课就像上班那样打卡签到、遵章守纪。通过调研，大家对建成什么样的实训中心心里有了底。

调研回来后，郑朝科就研究提出筹建学校实训中心方案。第二年学校投入 2000 万元建成 13000 平方米的实训中心大楼，并落实每年 500 万元的实训中心建设经费预算额度。经过全面规划、分段建设，各系相继建成了 18 个实验室、7 个实训基地。有这样一系列扎实有效的工作为基础，建桥顺利通过了交流、检查等评审环节，被列入示范性高职院校建设单位，为 2005 年顺利升格本科创造了有利条件。

四

2004 年，“国家示范性数控技术培训基地”破例在建桥这样一所新办民办高校投入建设，也是值得一提的事。

2003 年寒假前，郑朝科在参加市教委召开的高职院校教学工作会议上得知，国家为了促进数控技术的发展提高，财政部、教育部、机械部联合设立了“国家示范性数控技术培训基地建设”项目，开始接受院校的申报，立项对象是已设置有数控机床类专业的老高职院校，建桥显然不在其中。但郑朝科感到，如果建桥争取到这个项目，一是会促进当时正在筹办的机电专业的发展，二是可争取国家财政的资助，三是能扩大学校的社会影响力、知誉度，应该积极争取。郑朝科当场就向教委领导咨询，并提出申请。可是教委领导没有正面肯定答复，只说：“你们提方案，打报告，试试看吧！”

建桥作为民办高校的机制灵活、决策迅速的优势又一次得到了集中的体现。郑朝科回校向董事会和校长汇报后，都立即得到肯定的答复，财务总监郑祥展一口同意第一期设配套基金 250 万元。既然学校都支持，紧接着就是要提出具体的建设方案。于是，郑朝科利用寒假，和机电系主任李世基一起，满怀热情调查访问了近 10 个工厂和高校，很快提出了建设方案。春节后报到市教委参加竞标，最终得到批准。该项目建设延续到

2005 年，学校投入和国家资助各 450 万元。据此，学校添置了一批一流的大型数控机床，为高级数控技术教学奠定了基础，也为行业高端技术交流提供了平台。

在注重校内基地建设的同时，郑朝科还抓紧校外实训基地的开辟。在广泛联络、充分调研的基础上，多次举行校企合作签约仪式，建立了 60 多个校外实训基地。还有些更紧密的合作办学模式，如旅游专业与瑞吉红塔大酒店，数控专业与中华机械厂的定向合作培养，等等，建桥应用型人才培养模式进一步彰显特色。

回想在建桥工作的 12 年时光，忙碌、充实又愉快，但凡取得一点成果，郑老总是归功于天时、地利、人和。他自我总结的工作经验有三条：责任感、事业心是基本的动力；抓住重点、善于总结规律是关键；与人为善、密切团结是搞好工作的保证。

（何羽　整理）

从理论研究到实践探索
——记原副校长忻福良教授

纵观忻福良的职业轨迹，他走的是一条教而优则研、研而优则教的路子，从办学实践到教育理论研究再回到办学实践的三个阶段，每个阶段都做得有声有色。忻福良个性平易和善，他坦言："我不喜欢对别人居高临下、指手画脚、自以为是，也不喜欢别人对我这样。我喜欢大家平等融洽相处，共同商量，开开心心做事。"

一

1960 年至 1963 年，忻福良在复旦大学物理系进修学习，后回到上海科技专科学校任教，先后担任技术物理专业固体物理课教师、专业负责人、教务处处长、上海科大分部副主任、科技专科学校副校长等职。20 世纪 80 年代初，他参加了教育部组织的华东地区高校干部进修班，从此开始对高等教育理论研究深感兴趣，每有深切感悟或独特体会就写成论文，发表在《上海高教研究》等刊物上。渐渐地，忻福良在教学研究领域的影响远远超过了当校长的名气。1986 年，市高教局同意忻福良辞去校长之职，调到上海高教研究所任副所长，后任所长，专职从事高教研究。当时上海高教所在杨德广、忻福良的领导下声名大振，成为"中国高教研究重镇"。1995 年，高教研究所、智力开发研究所、普教研究所、成职教研究所合并成立上海市教育科学研究院，忻福良任副院长。

人物简历

忻福良，男，1939年10月生，浙江宁波人。教授，中共党员。1960年至1986年，任上海科技专科学校教师、专业主任、教务处处长、副校长、常务校长。1986年至1995年，任上海市高教研究所副所长、所长、研究员。1995年至2000年，任上海市教育科学研究院副院长。1988年至1989年，由教育部派遣赴德国柏林洪堡大学做高级访问学者。1993年至1995年，受聘担任首届上海市人民政府决策咨询专家。2000年退休后，历任杉达学院、建桥学院、中侨学院副校长。曾兼任：上海市高等教育学会秘书长，上海市教育法制研究与咨询中心常务副主任，上海市工商联民办教育协会秘书长，华东师范大学高等教育学教授，上海理工大学兼职教授、研究生导师。专著有《高等专科教育学》《高校教学概论》，主编《各国高等教育立法》《地方教育立法研究》《上海高等学校沿革》《当代中国高等教育家》等。

忻福良重点研究高等教育教学、高校管理、高教改革与发展、近现代中外高等教育史、教育法律法规、民办教育等。20世纪八九十年代，忻福良参与了教育部组织的《中华人民共和国教育法》《中华人民共和国高等教育法》《中华人民共和国教师法》调研起草工作，参与了国家和上海教育法律法规体系和立法规划的制订，协助教育部开展中国高等工程教育层次、学习年限、培养目标、业务规格研究和标准的制定。在研究方面，领衔承接的国家级、部级、市级重点课题多项，如“新中国高等教育发展与改革的历史经验与规律研究”“中国教育法制建设研究”“中国教育法律法规体系和立法规划研究”“市场经济与高等教育研究”等。

在忻福良撰写、主编的多部著作中，以《高等专科教育学》《上海高等学校沿革》《当代中国高等教育家》三本书最享盛名。

《高等专科教育学》是我国首部系统研究高职高专教育的专著，由著名教育家潘懋元教授作序。《上海高等学校沿革》这本书首先在国外引起学者关注与兴趣，曾有外国学者评价说："要研究近现代中国高等教育，必须先研究上海高等教育；要研究上海高等教育，就必须读《上海高等学校沿革》这本书。"这本著作，组织一大帮研究员广泛搜集史料，对150年来上海649所高等学校的发展、变迁史进行了细致深入的梳理，因而具有较高的学术价值与历史价值。《当代中国高等教育家》则是忻福良承担的国家教委"八五"重点教育科研课题，以满腔热情评价20世纪80年代敢于改革、善于改革的高校校长，共推出周培源、蒋南翔、匡亚明、江隆基、屈伯川、贺绿汀、钱伟长、苏步青、潘懋元、朱九思、刘道玉、邓旭初、路甬祥和樊恭烋等14位校长、当代中国高等教育家，全面展示他们在探索和建设现代中国高等教育体系过程中的筚路蓝缕之功、超轶绝尘之识及其高风亮节之品。难能可贵的是，当时有部分校长还蒙受不公正评价、正处于人生低潮之时，该书给予了客观公正的历史评价，显示出编者的远见卓识。

对上海高教结构、布局，忻福良有自己的独特思考。早在1986年9月，他曾向市政府教卫办建议：上海是中国现代高等教育基地，应该创建几所特殊大学，包括改革实验大学、民办大学、中外合作合资大学、女子大学、残疾人大学等。这个建议得到领导首肯。

二

也许注定要与民办高校结缘吧。忻福良在受聘市政府决策咨询专家期间，担任上海民办高校设置审议委员会办公室主任兼设置审议专家，负责起草民办高校设置标准，受理民办高校的设置申请，组织专家进行设置审议，审议了杉达、东海、济光、中侨、东方文化（后更名震旦）等一批民办高校。1999 年，建桥（筹）董事长派助手找上门来，向他请教民办高校的审批程序、申报材料等事宜，忻福良一一给予了详尽解答，并提供申报材料样本，供建桥参考。一来二去，忻福良结识了建桥董事长周星增。他支持周星增要创办的大学，是一所真正有投资者、有自有校舍、校地的民办大学，它有别于上海原有的"三无"（无自有校园、大楼、专职师资）起家的民办高校。同时，接触下来，他觉得周星增是一位有教育理想、教育情结的投资者，为人和善，聪慧睿智，有着深厚的文化底蕴，性格上也十分投缘。从教育研究的角度来看，他也想有机会深入了解、亲身实践投资办学的新模式。于是，2000 年 9 月，忻福良应邀来到建桥担任副校长。

最让忻福良感动的是建桥的办学精神。记得新生报到前一天晚上，学生宿舍床架还未全部安装好，于是，全校总动员，不论是年逾六旬的老教授，还是年轻老师，不论是校领导、专业主任，还是辅导员、普通员工，统统成了搬运工、安装工。这种艰苦创业的氛围与无私奉献的干劲深深感染着在场的每一个人，大家不辞辛劳，毫无怨言地忙到深夜，人人都是那么自觉，那么投入。

最让忻福良难忘的是新生报到时的那场大雨。2000 年 9 月初，1352 名新生如期报到。新生来校报到这天，大雨滂沱，新生及家长们肩扛手提大包小包，虽然下雨给他们带来诸多不便，但这些不便，都被他们对建桥这所新型民办高校的憧憬所冲淡，加上现场所有教职工的热情服务，抢着帮助提行李、做向导，让新生们从跨进校门的第一天起，就感受到了学校浓厚的人文氛围。

三

建桥升本之后，忻福良发挥了自身专家型领导的特点，为提升学校整体科研水平做了两件事：

创办民办高等教育研究所。建桥于 2006 年 6 月 8 日成立了民办高等教育研究所。

在上海民办高校中，专门成立民办高等教育研究机构的，建桥是第一家。当天，市民办高校党工委副书记王恩田、市教科院学术委员会主任胡瑞文、原上海师范大学校长杨德广为研究所揭牌。专家们评价说，民办高等教育研究所的成立，就上海乃至全国的民办高等教育事业而言，是一项开创性举措，对探索民办高等教育的发展规律，加强民办高校的发展战略研究，都将起到积极的推进作用。研究所由黄清云校长兼任所长，忻福良任常务副所长，研究人员采取专兼结合的办法，由建桥专职科研人员及资深教授、专家组成，同时积极鼓励全校教职工广泛参与。研究所成立之后，从宏观、微观两个层面对国内外私立（民办）高等教育开展比较研究，重点研究我国民办高等教育所面临的内外部环境、发展空间、定位特色，以及民办院校自身的管理体制和运行机制等问题。

创办综合性学术刊物。2006 年 12 月 11 日，忻福良任主编的《上海建桥学院教学与研究》经上海市新闻出版局批准正式创刊发行，发行范围为全国民办学校、相关管理部门与科研机构，定期出版，每年 3 月、6 月、9 月和 12 月与读者见面。创办伊始，便将“对内促进科研发展，对外扩大学校影响”作为发展定位，始终围绕建设高水平、有特色、国际化的应用技术大学的发展目标，连续、集中、全面地反映建桥的教学科研成果，使之成为展示学校学术水平的重要窗口、开展对外交流的重要桥梁、培养学术人才的重要园地、塑造大学文化的重要途径。办刊过程中，围绕学校内涵建设和转型发展需要，设置各类特色、精品栏目，除了推出《教育·发展》《经济·管理》《新闻·语言》《技术·应用》《教学·实践》等常设栏目，还有《人文》《法律》《心理》等灵活安排的栏目，聚焦民办高等教育发展各类议题，面向本校、兄弟院校、企业与政府单位专家学者广泛征稿，坚持专业稿件的专家外审制度，坚持把好编辑出版质量关。2015 年，在上海市教委的支持下，经上海市新闻出版局同意，《上海建桥学院教学与研究》更名为《上海建桥学院学报》。自 2017 年起，《上海建桥学院学报》与重庆维普资讯有限公司达成合作协议，学报所刊论文被维普网《中文科技期刊数据库》全文收录。《上海建桥学院学报》创刊以来，连续获评全国民办高校优秀学报和“十佳期刊”称号。

除了建桥工作外，忻福良还为上海民办教育界做了不少好事。《民办教育促进法》颁布后，上海成立了市工商联民办教育协会，周星增任会长，忻福良任秘书长，在会长的领导下，具体负责协会日常工作的运作。他为民办教育界的市人大代表、市政协委员起草议案、提案和建议，呼吁维护民办学校、教师、学生的合法权益，提出民办教育发展思路和建议。忻福良还利用自己广泛的人脉，努力促进民办学校校际交流与合作。

追溯建桥发展这么快的深层原因，忻福良认为，首先得益于董事会的正确决策和放权支持专家办学。其次，建桥生态氛围和谐，上下同心，事业至上，教学规范，严格管理，按教育教学规律，认认真真办学，扎扎实实工作，这才有了今天的造化。

（何羽　整理）

人心齐，泰山移

——记原副校长陈生根副教授

“感谢改革开放大环境好，诞生了民办高校这样的新事物，让我有机会到建桥这个大平台来奉献余热。”原副校长、党委副书记陈生根副教授谈及建桥，充满了感激与钦佩之情，“以周星董为代表的温州企业家，其胆识、抱负令人敬佩，在高校林立的大上海闯出自己的一条路，真不容易！”“至于我在建桥的经历，”他谦逊地说，“只不过是协助黄清云校长，做了一点应该做的工作而已，是大家的齐心协力撑起了学校的快速发展！”

一

来建桥之前，陈生根曾在工作中接触过一家民办学校，办在长寿路上，在一个公办学校里面，租用几间教室，聘用几个兼课教师，人很少，发展艰难。但当2001年他应邀来到建桥参观、听取介绍时，十分吃惊，没想到一所民办学校竟有如此大的规模、如此大的投入，足见办学者的雄心壮志，当时就给陈生根留下非常好的印象。再加上他在上海电视大学任职期间，作为副手与黄清云校长相处极为融洽，共事默契，来建桥主要还是配合黄校长工作，他也十分乐意。于是，经黄校长推荐，董事会同意，陈生根来建桥担任副校长、党委副书记。

人物简历

陈生根，男，1940年11月生，上海市人，中共党员，副教授，上海建桥学院原副校长、党委副书记。1965年华东师范大学毕业留校，任校党委办公室秘书兼物理系1963级一班辅导员、上海市教育卫生部组织处秘书、市招办信息组组长。1974年调上海第二工业大学，曾任政治经济学教研室主任、马列教研室副主任、党支部副书记。1987年调上海电视大学任经济管理系主任、校办公室主任、校长助理。1994年初起任副校长、党委副书记、纪委书记、校工会主席、市高校思想政治教育研究会理事。1989年被评为副教授。作为副主编编写出版《马克思主义与现时代》一书，发表了《发展中国家债务问题的成因及政策教训》《积极主动加入国际经济大循环》等经济学论文20余篇。先后被评为“上海市成人教育优秀工作者”“上海市教卫系统优秀党员”“上海市教育工会系统支持工会工作优秀领导”“上海市科教党委系统优秀党务工作者”。

那时候，黄校长负总责，郑朝科、陈生根具体操作。学校初创时期，人手少，时间紧，头绪多，任务重，真让他有应接不暇的感觉。但校党政班子很善于吸纳发挥集体智慧，每周一次校长办公会，研究工作，凝聚共识，遇到重要紧急事，校领导再开临时碰头会；注重发挥分管部门领导的积极性、主动性、创造性，制订工作计划后，放手让他们去干。

当时流行一句口号，叫作“周六保证不休息，周日休息不保证”，反映了大家的勤奋、投入。每个周六，陈生根都进校来，到各个学生宿舍、教学楼转转兜兜，看看学生们在做什么。他经常利用周末看材料，学文件，加油充电。“唯有静下心来，兢兢业业，不断探索，扎实工作，才能在民办高校这个新领域有所作为。”

有一次，12 月的一个雨夜，11 点 40 分了，陈生根从办公室出来，发现文传系大楼的灯还亮着，他就想到教室里查访，看看什么情况。半路上，遇见周星增董事长驾驶轿车从桥上过来，打开车窗，一碰面，两人异口同声地问对方：“咦，你怎么这么晚还在这里？”随即，两人都会心地笑了。“那时候，学校从上到下心往一处想，劲往一处使，教职工总体上都很有事业心，真心希望做出业绩。人心齐，泰山移，大家凝心聚力撑起了这所学校。”

二

那几年，学生党建和思想政治工作也在探索中曲折前进。

2003 年 4 月的一天，在建桥学院首届党委成立大会的筹备会上，党办主任见到陈生根，焦虑又无奈地说，“陈老师，我们还没有一名学生党员呢！”这话让陈生根颇感尴尬。没有一名学生党员，这在公办高校中是不可想象的。但这就是建桥当时的实际情况。

校领导其实很重视党的建设，建校之初就成立了以黄清云校长为书记的党总支。但当时毕竟学校刚创办，千头万绪，百事待举，头等大事是要想方设法把学生招进来，把教学质量搞上去，能站稳脚跟，立足上海滩。很多事情，包括在学生中发展党员等，尚未完全提到议事日程上来。部分教工党员也有不少顾虑和想法——建校初期，为高职高专三年制规格，三年内要把一个刚进校、经组织启发、提出入党申请的学生，通过教育培养、实践锻炼、考察提拔，从确定为积极分子到成为发展对象，时间太紧；学校招生的对象大都是高考落榜生，他们主流积极健康较有“敢为、乐群”的心理素质，但大部分学生学习的主动性和能力不强，信心不足，怎么去发现、教育、培养、发展要求入党的同学，工作人员有畏难情绪；还有一种模糊消极的认识，认为学生能提出入党要求已属不易，就可以发展为党员了。以降低入党标准开展党建，显然绝对不可取。如此一来，有段时间大家都集中精力抓课堂教学，搞补课，抓早晚自修，取得一定成效，但对学生党建工作则无暇顾及。

陈生根在与学生密切接触、沟通交流中，充分看到学生虽然同为高考落榜生，但其中不乏部分学生高中阶段学业成绩在中上甚至上等水平，高考时因身体不适或特殊因素影响了正常发挥，没有考出真实水平。这些学生中有不少人政治上追求进步，思想积极向上，有要求入党的愿望。

陈生根非常敏锐地看到这部分学生闪烁的思想火花。在党委率领下，本着“以人为本，德育为先”的战略高度，形成了“党组织相关职能部门和两级组织密切配合，齐抓共管党建工作格局，用党的力量凝聚学生，以党建带团建，以学生党员带动整个学生工作”的工作新思路，做出了一系列新的部署：召开了支部书记、学生工作负责人会议统一思想，引导教职工积极看待学生；提出各支部发展计划；开展二级党校三级培训工作；各项工作提前，关口前移：各职能处室与各系挂钩，主动为学生党员发展工作加油添薪，系领导、辅导员积极主动做学生入党联系人……随着一系列工作扎实、有效、持久地开展，学生中形成了崇尚先进、学习先进、争当先进的新气象，学生党建和思想政治工作走上了一条新路。

2010年底，建桥学院召开第二届党员代表大会前夕，在校师生员工党员已有664名，其中学生党员420名（不含已毕业的学生党员数）。在此基础上，还成立了以年级为单位的学生独立党支部，呈现了“三带动”（一个学生支部带动一个年级、一个党员带动一个寝室、一个入党积极分子带动周边同学）的新格局，学生党员队伍给党的肌体注入了新鲜血液，增添了党组织的战斗力和凝聚力，翁杰等一大批优秀学生党员在义务献血、支援西部、志愿服务、捐款救灾等活动中表现出色，受到各级表彰。

三

建校第一年，政府规定刚举办的学校不能独立办学，须参加市里组织的统考。建桥学院招收的首届学生参加了全市三年历次的学历文凭考试（每个专业有八九门课程，由市教育考试院邀请专家组织命题，统一考试）。上海共有近20所民办高校及10余所社会办学机构的学生参加，建桥学生各科成绩名列前茅，多次独占鳌头，赢得了市主管部门的好评，也引起了社会关注、同行羡慕，家长们赞不绝口。其成功秘诀何在？

陈生根介绍说，关键是校领导集思广益，决策正确，举措得当，工作到位。在教学方面，学校聘请了一批师德高尚、学识渊博、授课精湛、诲人不倦、爱生如子的刚退休的教授、专家来校任教。同时，学校另一项重大举措便是——从民办高校的现状和在校学生的实际出发，本着"高进、明责、严管、优出"原则，建立起一支有学历、懂教育、善管理、数量足、质量高的专职辅导员队伍。辅导员们怀着"五心"（爱心、热心、责任心、细心、耐心），每周五天住校，在学生中开展养成教育、充实教育和学生心理健康教育。

那时的高职专科学生大多没有住校的经历。辅导员们开展养成教育，运用宽严相济、恩威并施、奖惩结合、赏罚有度的理念和方法，帮助他们遵守作息时间，强化早晚集中自修的学习习惯，帮助他们掌握大学学习方法，提高生活自理能力，增添他们的责任感和独立思考能力，提升学习能力和学习效果；鼓励学生们参加学校社团的管理工作，培养和锻炼他们的独立工作能力；开展充实教育，弘扬"感恩、回报、爱心、责任"的理念，推动学生第二课堂活动和社会实践，让他们在参加各类实践活动中接触社会，培养竞争意识与团队合作精神，锻炼克服困难和应对挫折的勇气和能力；通过心理健康教育增强学生自我心理调节能力，懂得如何保持心理健康的基本常识和方法。

学校大力支持团委学生会举办各类社团活动，丰富了第二课堂活动的内容和形式，辅导员成为很多社团的指导老师和活动的策划者、组织者。校一级学生社团从无到有，从少到多，从弱到强，建起了上百个社团。每年开展学习雷锋活动，举办校园科技文化艺术节、学生运动会，各种球类、击剑、歌咏、辩论、外语演讲等比赛，大大丰富了学生的校园精神文化生活。由学生组成的社管中心、文明督导队和安全保卫治安队，自我教育、自我管理、自我服务，在学校的日常管理中发挥了积极作用……在建桥初创阶段，辅导员们付出了超乎常人的汗水和心血，为学生的培养、成才起到了重要作用。难怪社会赞叹，辅导员队伍是建桥学院走向成功的“秘密武器”之一。

四

2003 年学校成功抗击“非典”也是一件值得记忆的事。

“非典”又叫“SARS”，是 2003 年上半年肆虐神州大地的罕见疫情。这一年 4 月，校党委刚刚成立。在这关键时刻，校党委及时提出，要一手抓“非典”防控，一手抓教学秩序，并迅速凝聚起全校力量，大家守望相助，众志成城，表现出一种空前的团结和关爱。学校成立了预防“非典”工作组，建立了信息及时反馈制度和应急预案，校报、广播站、宣传栏等密集宣传预防知识，所有师生人手一份预防“非典”宣传手册。所有公共场所每天消毒，每个人都发到了体温计，督促学生每日自测体温，绝不放过一个疑似对象。学校还加强入校登记制度，力保校园一方平安。这一年的“五一”期间，2000 级在外地实习的学生陆续返校，为切断传染源，学校把他们安排入住附近的酒店进行医学观察。让人十分感动的是，在被医学隔离的 14 天里，这批学生表现出一种平时很少见的大局意识，不仅充分理解学校的苦心，而且理性、科学、有序地度过了这“非常 14 天”。教师和辅导员以高度负责的精神，为这批学生送去人性化关怀，没有让他们在这段时间荒废学业。许多学生或以手机短信形式，或以电话问候方式，给这批同学鼓劲、送温暖。这批学生每人一次医学隔离的 1000 元费用，学校也都全数“埋单”。学校还得到了政府下拨的 20 万元专项资金，用以“非典”防控，这是学校第一次获得地方政府的资金补贴。

由于领导重视，组织落实，措施到位，在这起突发事件中，教学秩序没有受“非典”影响，学校发展更没有因“非典”止步。

取得抗击“非典”胜利后，校党委在全校范围开展了“抗非典灾害，促校风建设”

大讨论活动，持续一个月。学校在管理制度层面、师生员工在思想认识层面上的进步，为学校积累了宝贵的精神财富。

五

谈到自己的工作风格，陈生根提了八个字“事在人为，身体力行”。他说，事情有难易，能力有大小，但只要积极主动争取，凡事尽心尽力，总会得到好的成果。

2002 年的一天，学校收到南汇区的通知，要求学校申报区文明单位。陈生根意识到“文明单位”是学校整体工作的集中呈现，对提升整体办学水平、扩大学校声誉有着重要的意义，当即决定参与加。他组织一班人对照评审标准迅速进行自查，完成申报材料的填写提交，筹备迎接专家组进校检查……很快，学校通过了评审，获得了“文明单位”称号。以此起步，学校一步一个脚印，扎实开展文明创建活动，连续获得历届市文明单位，从未间断。2015 年获评全国文明单位，成为首家获此殊荣的民办高校。

陈生根没有领导架子，也不喜欢摆一副领导面孔，同事与下属都喜欢与他合作。他说，做领导干部的，要善于团结，扬人所长，宽容待人；处处把自己放低一些，以普通人的身份对待身边的师生、同事，这样群众就亲近你，乐于贡献力量；要别人不做的事，自己不能做，要别人做到的事，自己先要带头做。

因为年龄关系，2011 年底，陈生根副校长二次退休，离开了学校。他回忆说，在建桥遇到高兴的、激动的事情很多，但最高兴、最难忘的，莫过于学校在昂首阔步前进中迎来了十周年校庆。“三年打基础，五年上台阶，十年新飞跃”，十年的辛勤耕耘，十年的攻坚克难，在十周年校庆时，建桥向社会交出了一份亮眼的成绩单！想到这里面也有自己的一份汗水与心血，陈校长倍感欣慰与自豪！

（何羽　整理）

“啊，那是难忘的岁月”
——记原董事长助理金旦生

一

1999 年，温州企业家周星增决定在上海创办一所民办大学。是年夏，周星增召开一个小型座谈会，探讨、研究以什么形式筹建一所大学能更好、更快些，邀请了上海市教委、大学及市教育考试院部分同志参加会议。金旦生老师那时刚从市教育考试院副院长岗位上退下来，也应邀出席。

当时会上众说纷纭。有人说，可以在现有民办大学中挑选、收购一所，这样筹建速度可以更快一些；有人认为，挂靠在一所名牌大学下，设立一所独立的民办二级学院，这样在师资、教育质量上都有保证，而且生源也会比较好；也有人建议，可以选择一个地方，按照自己的办学理念、要求，新建一所真正意义上的民办大学更合适……金老师也做了一个简短的发言，赞成独立办学。

会后，周星增对金老师说，在创办新学校时，希望得到金老师的支持、帮助，同时欢迎他到新办的学校来工作。

当年 10 月 21 日，金老师应邀出席了上海建桥学院在浦东康桥新址的奠基仪式。简朴、隆重的奠基仪式给他留下了难忘的印象。

2000 年 3 月下旬，周董与另一位同志找到金老师家。周董说：“学校大楼、学生宿

人物简历

金旦生，男，1938年1月生，浙江金华人。中共党员，本科学历，副研究员。1960年毕业于上海师范大学数学系。1968年起，在上海市教育局教研室（中小学教材编写组）、普教处工作多年，曾任上海市教育局工会主席、上海市中等学校招生办公室主任、上海市教育考试院副院长、党委委员。2000年3月，在上海建桥学院工作，任学院招生办公室主任，上海建桥集团、上海建桥学院董事长助理，集团党委副书记，学院一至三届理事。曾主编《招生改革与探索》《报考高等职业技术学院复习丛书》《凝心聚力铸核心》《我这十年——在建桥的日子里》，参与《代数与初等函数》《绘图与测量》《社会发展史》等著作及上海市部分中小学教材的编辑工作。

舍都在快速建造中，招生马上要开始了。在上海第一次招生，我们心里没有底，也很担心。希望金老师早点到校，帮助安排招生。”此后周董又登门拜访。一周内，董事长两次来家探望，让金老师很感动。但这是浙江民营企业家来沪举办大学，金老师还不太了解，有点犹豫。

事后，市教委发展规划处领导告诉金老师，周星增在办学申报、答辩会上朴实、没有形容词却掷地有声的讲话，使她信服了这位温州人的魄力。她建议，金老师是该去帮帮周星增的忙的。市教委张伟江主任也对金老师说：“周星增是第一位外地企业家来上海投资办民办大学的，他自己也是大学教师。他在上海办大学的决心很大，你应该去建桥的，我们也一定会支持你们工作的。”领导们的鼓励，促使金老师下决心走进了建桥。这一来，金老师就为建桥工作了13年，个中有人生、历史的缘分，更有叙不完的情结。

二

当时，学校校园正在热火朝天地搞基建。金老师回忆说，学校筹建办公室与招生办一班人都挤在康桥路上的康桥大酒店里办公。周星增平时也与大家办公、生活在一起，他多次以自己的亲身经历对招生办同志阐述他对“知识改变命运”的感悟，并深情地说：“农家子弟对高等学府的渴望，是城市孩子无法想象的。”“应该设法创造条件，让他们也有接受高等教育的机会”……

对于民办大学，过去人们常常形容是“三无”学校，即无自有校园、无大楼、无师资（以聘请兼职教师为主）。而建桥学院建校之初就有教学大楼、现代化的教学设备、高标准塑胶运动场、设备完备的四人一间学生宿舍……有了这物质第一性的东西，招生办同志就有了底气，增长了信心：“一定要打好招生第一仗。”

生源是大学运行环节中重要的一环。当时高校招生的信息不对称，建桥学院刚成立，在社会上的认知度比较低，再加上招生办同志都是新手，缺乏经验，招生工作面临的困难不小。金老师的思路是，不是学好了再去干，而是“在战争中学习战争”，运用各种途径、方法，让上海社会、学生、家长了解建桥学院招生、专业等方面的详尽信息。招生办采取“请进来”“走出去”的办法，请考生、家长到学校实地参观，增加感性认识。家长们看到耸立的大楼、美丽的校园、精装的宿舍时，都十分惊讶。招生办同志还深入到各区县的中学高三毕业生群中，热心诚心地发放资料，介绍学校。学校还在全市公共汽车、报刊上发布招生信息。周星增董事长与黄清云校长也多次在上海教育电视台直播，介绍办学情况。招生宣传做到了报刊上有文章、电台里有声音、电视中有形象。

周董对招生办同志解放思想、积极探索行之有效的做法，都给予充分肯定并有力支持，这更调动了招生办同志的工作积极性。在统计全市各中学考取建桥学院的人数时，蒋文君、邢倚萍同志竟每年一所一所学校地统计列表成册。几年来，招生办同志走访了全市区县的 181 所高中（全市共有 335 所高中）。那几年，在学校的招生工作中，招生办同志分工合作，有条不紊，在取得成绩的背后，又有多少鲜为人知的故事！

2000 年秋，建桥在上海就有 5000 多考生报名。按周董“可以多招一点”的要求，在市教委的支持下，当年学校录取、注册学生 1849 人，后因市教育考试院政策性降分，建桥学院已录取的497人转到公办大学读书。这样，当年学校在籍就学人数是1352人（其中外省市学生185人），这是上海民办大学历年来招生最多的，对建桥学院亦具有里程碑的意义。这里还穿插了一个小故事。曾有一位画家、收藏家家长，他向金老师送上一幅中国著名画家、书法家谢稚柳的画，表示对他孩子入学关怀的感激。被金老师婉言谢绝了以后，这位家长激动地说："从您身上，我看到了建桥人的品质，孩子在这里念书，可以放心了！"

2001年，世贸商城举行全市各大学的招生推介会，招生办同志按事先实地丈量的尺寸，设计好一幅9米高的立式标语。但当天会场的云梯都坏了，招生办同志想了许多办法都无济于事。最后，会场工程部主任说："今天你们是无论如何都不可能挂上去的。""不可能"三个字触动了建桥人的心，招生办同志借来十几张桌子，用叠罗汉的方式，叠成四层，再加上一张椅子，一人爬上去，硬是把1米宽、9米高的大幅标语挂起来了。考生、家长一进大厅，远远就可望见"建桥学院欢迎您！"的大标语。该工程部主任看到后，伸出大拇指连连称赞："你们真了不起，真了不起，工作人员都有这种精神，建桥发展一定会很快的！"

第三件事，时任招生办副主任的俞晓光同志为了做几个活动宣传架，几乎跑遍了南京东路、河南中路和福州路上的商店，最后他在市郊结合部某制作工场，仅以不到市场价三分之一的价格制作了全套不锈钢架，这在当时是十分新颖、抢眼的。人说"货比三家"，俞晓光是"货比三条街"了。在以后的招生宣传中，其他民办学院都纷纷仿效。

建桥既然已成功走出了第一步、第二步，第三步就可以走得更稳、更快一些。学校继续投资发展，规模一再扩大，在校生人数也不断攀升，5000人、7000人、10000人的目标都一一实现了。到2005年秋，建桥学院被批准为全国26所民办本科院校之一。金老师说，建桥学院从白手起家，到五年建成本科院校，十年建成了万人大学，是一大批建桥人挥洒汗水、燃烧热情，跟着周星增董事长不惧艰难、拼搏向前所获得的硕果。昔日的招生办同事俞晓光、张磊、蒋文君等人，也在锻炼中不断成长，今日已成了学校的领导、学校中层的坚实力量。

2005 年，金老师出任集团党委副书记。对于他来说，换一个岗位也是很有意义的工作。

周星增董事长十分支持集团党委的工作，他认为党的基层组织是老百姓最重视、最直接、最关心的。集团党委把党的基层党支部建设作为首要大事来抓，多次组织全体党员参观考察。

同时，集团党委狠抓组织建设，把集团业务骨干培养成优秀共产党员，把共产党员培养成企业的业务骨干。4 年中有 18 位同志加入党组织，有副经理以上 7 人，青年骨干 8 人。许多人后来都成了企业重要部门的把关人员，还有 3 人担任了党支部委员。集团党委还把一些行之有效的做法及文件制度化、系统化，形成《凝心聚力铸核心——一个民营企业党建探索》一书，进一步推动了集团工作。集团党委工作也得到了上级党组织的高度评价，集团党委书记奚志勇同志被市社会工作党委评为“市级优秀党组织管理者”，还有一批如何羽等同志、组织被评为“市三八红旗手”“新长征突击手”与“优秀党支部”等。

三

金老师语速较快，办事高效、利落。人们做事常说“尽力而为”，他说：“不，要全力以赴！”多年来，他那一股为了工作全力拼搏的精气神与敬业奉献的品行，深深感动着身边的人。

2004 年，全国招生工作会议在南京召开，教育部周济部长到会讲话。获悉新上任的上海市教委分管领导张民选副主任及计划处干部等都会去南京，这是一个汇报工作并协助与部分省市教委领导沟通招生工作的极好机会，金老师、俞晓光等那天一清早就赶到南京。按会议要求，民办高校是无法参加这个会议的，金老师他们被工作人员拦在会场门外。金老师就守在大门外寸步不离，一直等到晚上，终于等到了上海市教委领导。会场工作人员对教委领导说："他们已在这里等了一整天，连吃午饭、上厕所都不敢跑开呢！"望着依然精神抖擞的金老师，教委领导很感动，挤出时间接待了金老师，并帮助与有关省教委领导接上了头，解决了跨省招生问题。

2005 年 5 月，建桥学院专升本工作面临关键的"冲刺"阶段。金老师生大病开刀，住院 10 多天。出院当晚，金老师接到周董电话，周董说："金老师，明天有专家来校评估，许多领导你都是比较熟悉的，你能否来一趟？如果身体实在不行，那也不要太勉强。"第二天，金老师在夫人的陪同下，强撑着尚未康复的身体，来到现场接待评估专家。市教委老领导郑令德主任特意拉住金老师，到单独的办公室，深入了解建桥办学设施的有关情况，金老师一一如实汇报，领导放心地说："老金，听你这么说，我心里有数了。"建桥学院在这次教育部组织的评估中获得通过。当年 11 月，教育部在杭州进行全国民办学院专升本评审，建桥学院正式升格为本科院校，成为全国 26 所民办本科大学之一。

2008 年 7 月，建桥集团参加 17 家企业、教育集团、单位的竞标，获得浦东新区一幼儿园的举办权。幼儿园地理位置很好，与上海市科技馆相邻，最大的困难是筹建时间太紧张：既要按幼儿园规定标准进行改建，又要组织好幼儿园整体班子。周董把这件事交给金老师。集团副董事长郑祥展现场视察后，表示集团定会全力支持，但幼儿园要在 9 月如期开学。开弓没有回头箭，金老师请市幼儿园审核评估组同志抽周日先去现场初查，提出改建意见。施工工程则按开学的时间节点，采取倒排序，一桩一桩落实。同时，还请一些市级示范幼儿园的园长亲临指导，组建幼儿园班子。工程最后几天，集团周万亿经理、袁伯康诸同志组织了一拨人在幼儿园会战，天天加班加点，晚上安排专车送工人们回家。整个工程在 28 天内准时完工，经评估、审核，获得验收通过。一位专家评价说："我原以为幼儿园能在 11 月初开学，就已是很不错了，现在竟能与全市幼儿园同步开学，真是了不起！"那位参加幼儿园抢修施工的江苏籍工程负责人说："我在上海浦东一些工地建设好多年了，知道'浦东速度'。今天，看到你们建桥人的拼劲，我信服了！"

一年后，经市教育考试院测评，建桥好好艺术幼儿园被评为上海市一级幼儿园。

13 年，在历史长河里只是短短一瞬间，而对人生来说，却不是太短暂的。回忆在建桥工作的 13 年时光，金老师感叹道：“啊，那是一段难忘的岁月！”金老师谦逊而欣慰地说，他在学校、集团做了一点力所能及的工作，于他自身却有两大收获——第一，他是 20 世纪 60 年代大学毕业的，那时教育部部长蒋南翔号召大学生“要为祖国健康工作 50 年”，这一口号已成为那一代青年人埋在心底的誓言。由于“文化大革命”浩劫，他们失去了本该好好工作的青春年华，退休后还能在建桥工作 13 年，金老师是十分珍惜的。也是对被耽误的那十年的弥补，这样能使他完成为党、为祖国健康工作 50 年的夙愿，圆了他的梦。第二，他从市教育考试院退下来后，喜遇周星增董事长，“这对我是十分幸运的，无价的。”周董那富有魅力的思想力量、气质力量、人格力量，润物细无声地影响、教育着他。金老师说：“人到了晚年有这样一个前进的标杆，一个心中的榜样，是很重要的。”正因为有了这精神财富，才使他在精神上、境界上得到升华，这样的晚年，更加充实、快乐、幸福！

（张馨元　整理）

建桥延长了我 20 年教育生涯

——记原信息技术系主任汪燮华教授

汪燮华教授谦逊低调，待人亲切，经常还未开口，脸上就笑眯眯地乐开了花。提起在建桥工作的日日夜夜，他总是笼统、粗线条地几句话带过，很少谈及自己的投入与付出。回忆建桥刚创办那些年，工作氛围特别好，上下齐心，教师间密切配合，人人都是全身心投入，不计名利得失，全心全意为建桥发展而努力。一想起这种工作氛围，他心里就暖暖的。

一

1999 年初，汪老师刚从华师大理工学院副院长任上退下，正与日本方面商谈合作一个项目。他得到了建桥创校校长黄清云教授的邀请，筹办计算机信息管理、计算机应用专业。黄校长介绍说：国家高等教育资源紧缺，受高校招生名额限制，一大批高中毕业生高考落榜后没机会深造，四处闲散游荡，成为一大社会问题；民办高校是国家高等教育资源的有益补充，意义重大。一番话，深深打动了汪老师。得知建桥创办人周星增也曾是大学教师，下海经商致富后，又倾其所有办大学，汪老师对建桥更多了一份别样的感情，觉得义不容辞要帮周星增董事长把建桥办好。于是，他就来了。

建桥第一届招收的是高考落榜生，须参加学历文凭考试。不少学生刚受到落榜打击，

人物简历

汪燮华，男，1935年8月生，浙江镇海人，本科学历，教授。中共党员。上海建桥学院第一、二届董事会董事，第三、四届名誉董事，咨询委员会委员。1957年毕业于华东师范大学物理系，1957年至2000年先后任华东师范大学微波教研室副主任、计算机系副主任、理工学院副院长；是教育部计算机教育指导委员会委员、上海市微型电脑应用学会第一、二、三、四届常务理事，副理事长。2000年5月，汪燮华受聘上海建桥学院，负责筹建创办计算机信息管理、计算机应用专业，以后历任上海建桥学院计算机和信息管理专业主任、计算机系系主任、校督导办主任，信息技术学院顾问；他还是董事长顾问、学校第一届党委委员。汪燮华长年从事物理学、微波通信、计算机应用、网络技术等专业教学和研究，获国务院特殊津贴；曾荣获国家级教学成果二等奖1项，上海市教学成果一、二、三等奖6项，上海市重大科技成果奖5项；编著教材30多册，发表《汉字笔形识别》《校园网及学校行政管理系统》等论文10多篇；荣获上海市教卫系统优秀共产党员、上海市民办教育系统师德标兵等称号。

来建桥时都是灰心丧气的。学生很难管，本该40多人的课堂经常只来六七人。深夜泡网吧，宿舍里搓麻将，男女之间不文明交往，群殴打架的，都有。有个学生还“请”了一尊菩萨在宿舍里，考前拜一拜求保佑……但是，长期带教研究生、本科生的汪老师并没有看不上这些学生。在他眼里，这里没有坏学生，只有没养成良好习惯的年轻人，需要老师及时给予帮助纠正；民办高校的学生可塑性强，有潜力，在计算机专业学习上，他们与公办高校学生是站在同一起跑线上的，只要教学得法、学生努力，同样会取得好成绩。对此，他充满信心，也极力为师生们鼓劲。

二

建桥以培养应用型人才为目的，汪老师提出了“一本多证，一专多能，能力为本，两个接轨（与市场接轨，与国际接轨）”的培养方针，结合实际，以就业为导向重新修订教学计划，选定新教材，调整课程体系、课程内容、教学方法，努力培育专业特色。

只有师德高尚、专业精湛的教师才能培养出好学生，汪老师凭借自己的人脉，邀请到名校名师前来执教，师资配备比普通的公办高校还强！根据入学测试及综合考量，他把学生分成四个班三个层次，要求主讲教师针对不同层次的班级、对象，采取不同的教学方法。为了狠抓教学质量，他定下了一系列制度，如，青年教师第一年任教必须下班级，当班主任，利用晚自习对学生进行基础课和专业课辅导。辅导员住校，全天候督促学生，严格管理。他规定各专业每学期都要定期召开“学生座谈会”“家长座谈会”“学习方法交流会”“教学经验研讨会”，每次他都亲自参加，认真听取学生和教师的意见、建议。他还经常随堂听课，细心观察学生的学习状态。他住校时经常找学生交流谈心，深入了解学生所思所想，帮助学生进行正确的职业设计和人生规划。

建校初期，校内不少人对辅导员的认识与提法有偏差，私下评论说辅导员是排在教师、机关人员之后的“三等公民”。但汪老师一来就对辅导员说：“辅导员就是教师，教师也要做学生思想工作，教师、辅导员平起平坐，没有高低之分。”年终，他还自掏腰包单请辅导员到酒店吃饭。在他的感召下，辅导员们都很自觉地进教室听课，了解学生的学习情况，与教师紧密配合，一天无数次进学生宿舍，深夜查网吧，把睡懒觉、逃课、泡网吧的学生“揪”出来送进教室。没多久，这届学生的整体素质、专业能力有了很大提升，一年后参加上海市统考，成绩名列前茅。建桥的办学质量因此得到了上级的认可，很快就有了自主命题权。

为了更好地培养应用型人才，汪老师提出了要强化学生实践能力的培养。为此，在教委、学校的支持下，他加强了机房、实验室建设，为学生提供了良好的实践实训环境。他不仅关心学生在校学习情况，对于学生的实习、就业也倾注了大量的心血。为了学生实习，他多方联系企业单位，安排实习岗位。起先，不少企业视实习生为“累赘”，虽勉强看在大教授汪燮华的面子上接收了，但只给实习生安排琐事杂活。后经汪老师多次登门协调，以向企业师傅支付带教津贴，或让实习生工作所得归师傅等方式，解决了诸多矛盾，让实习生顺利进入流水线的控制系统，学到真本领。汪老师为学生成才倾注了太多的心力、情感，以至于在每一届毕业典礼发言时，他都会流泪，他舍不得学生！

三

汪老师动作快，效率高，上进心强，走楼梯都是一步连跨两个台阶，一般年轻人还跟不上他的步伐、节奏。他经常是当天晚上布置的工作，次日早上就问落实情况，下属们常笑着对他说：“汪老师，您是在鞭策我们，可这鞭子也太紧、太长了！”

汪老师尤其注重青年教师的培养和发展，亲自给每一位青年教师确定专业方向、职业发展规划，压担子，配导师，采用“一带一”的培养模式，用引进教科项目、合作编写教材、共同备课、组织听课等方式促进青年教师成长，鼓励并组织他们参加各种培训、进修，什么时候该发论文了，什么时候该评职称了，他都会及时关心，设法帮助解决具体困难。

汪老师刚来建桥时，由市有关部门领导拨给专项资金 200 万元，学校给予配套投入搞机房建设，建成了当时全市高校最好的多媒体机房。后来，市教委搞二期教学高地建设，又投入了 500 万元资金……建成网络的专业机房。机房建成了，项目完成了，队伍也就带出来了。

现为教务处处长的徐方勤，刚到建桥时还是一个大专毕业的毛头小伙，被汪老师“关”进网络机房做实验员辅导学生。汪老师深知徐方勤做事用心很靠谱，就是有时候有点“偷懒”，需要逼着他向前跑。当时，汪老师的办公室在第一间，人员进出必须经过他的门口。汪老师经常看到徐方勤加快脚步，“刺溜”一下蹿过去，都不敢停下来，知道自己把这“小鬼”逼得太苦太狠了，内心也很不忍。但表面上严格如故，依然踩着节点催徐方勤挤时间读本科、硕士、博士，一路过来，直到现在徐方勤已晋升为教授。

汪老师还非常关心本系职工的生活情况，对有困难的职工，总是主动提供帮助。在2003年抗击非典的战斗中，他亲自指导全系的消毒工作，关心每一位职工的身体状况，并为大家准备了防非典药品。

四

作为一名老党员和党务工作者，汪老师认真贯彻党的教育路线、方针、政策，为人正直无私，严于律己，克己奉公，受到了校领导的高度评价和本系教职工的衷心拥戴。

每次系里开会，汪老师都“扮演”着两个角色。首先，他从党支部书记的角度提出要求；然后，再以系主任的身份部署工作。为支持系里开展党建活动，他拿出了自己的经费。建校初期，学校只有党总支，发展党员的申报材料都要送到校外上级党委办理。汪老师说：“可不能因为我们的党组织级别比较低，耽误了学生的发展。”在他的引导下，系里率先发展了学生党员，第一个筹建了团支部。他还亲自为入党积极分子做入党介绍人。有一名应届毕业生被批准为“支援西部计划”的青年志愿者，到云南省一所县级中学担任计算机基础教师，汪燮华非常支持，还特意送上由他主编的计算机基础教材。

有一次，辅导员章连英经过汪老师的办公室，听到电话铃声一直响个不停，就代接了。电话那头，传来一个非常焦灼的女声，询问汪老师在不在。——是汪老师的女儿从瑞典来电，她已经一周联系不到老爸了，不知道发生了什么情况，就把上海亲友的电话都打了个遍，最后找到建桥，才在校长办公室里“逮”住正在谈工作的老爸。原来，汪老师上一周到市里参加封闭式专家命题会，竟忘记告诉女儿了。专注工作，汪老师是如此忘我投入，对待名利，他很少考虑自己，总是先把别人放在心上、摆在前面。他主编教材，不拿最高档的稿费，只领中、低档。有时出版社会单独给主编一份稿费，他也拿出来与大家分享。甚至对离职人员，他都要召开欢送会，准备一份特殊的礼物！

汪老师的女儿一家都在瑞典，三番五次劝他去瑞典定居安享晚年，但他总说，我还有些精力，还可以多干些事情。汪老师忘不了第一次在康桥大酒店见到周星增董事长的情形。周董走到他面前，说："汪老师，建桥的计算机专业就交给你了。"就这么一句话，他顿时觉得肩头沉甸甸的……

光阴似箭，这一来，就是不离不弃近20年！汪老师常对亲友们说："是建桥延长了我近20年教育生涯！"有人曾问，在建桥工作是不是有给人"打工"的感觉，他的回答是"丝毫没有"。他说："作为一名共产党员，一名教育工作者，不管在哪里，都以认真贯彻党的教育方针为本职，我们民办高校的学生同样是祖国的未来，我依然干的是党的教育事业，依然是在为我们的社会主义事业培养人才。为国家培养人才，怎么会有打工的感觉呢？"

（何羽、章连英　供稿）

无“为”而治
——记原艺术设计系主任王曾纬教授

“学者风骨”“知人善任”“远见卓识”……这是老部下们对王曾纬教授的诸多概括性评价，对此，王教授本人则淡然一笑说：“无为而治是我领导艺术设计系的原则。”他补充道：“艺术设计人才的个性，有这个学科的特点，我所说的无为而治，是指营造一种宽松的治学氛围，这不是放任自流，它是建立在对教师信任基础上的，相信教师能完成好教学计划中的规定任务，在此基础上，鼓励大胆创新，发扬教师的创造力，并及时发现改革中出现的瑕疵加以弥补。因为实行这个原则，当时的艺术设计系比较团结，有生气，也出了一些成果。”

一

1999年，王教授自同济大学退休。这位曾呕心沥血创办同济大学工业设计专业、享誉业界的老专家，并没有走当时诸多同行那样的“发财”路：承接市场上的设计项目，收取巨额设计费，购置多套房产，很快就跻身富豪行列。王教授热爱教育事业，认同“三尺讲台、两袖清风”的教师身份，他常对家人说：“培养好学生就是我一生的财富。”退休后，他先是应一位美籍华人的邀请筹办苏州某民办高校；2000年6月，又应同济大学同事郑朝科副校长邀请，筹建建桥学院。“当时工资2000元，我们参加筹建的教师

人物简历

王曾纬，男，1936年8月生，江苏江阴人，教授，一级注册建筑师，政府特殊津贴获得者。1956年至1962年就读于同济大学建筑学专业，毕业后留校任教。1986年创办同济大学工业设计专业，并任同济大学工业设计系（后改为艺术设计系）系主任。曾任中国工业设计协会理事、上海工业设计促进会副理事长。曾主持20余项建筑设计和室内设计工程，主持设计上海1号地铁线的标识显示系统，开创了上海地铁标识显示系统的先河。曾参加国家自然科学基金“家具及室内活动空间和人体工程学研究”和上海市“工业设计与经济效益”“推进上海工业设计内外环境研究”等课题研究，后两者分别获1993年和1995年上海科技进步二等奖、三等奖。发表论文和书籍序言20多篇，参加《辞海》《土木工程辞典》《设计辞典》的编撰工作，并任相关学科主编。1995年获上海市育才奖。2000年6月参与筹建上海建桥学院，至2007年期间，任上海建桥学院艺术设计系系主任，兼环境艺术设计、装潢艺术设计专业主任。2006年获“上海市职业教育先进个人”奖。

都没意见，从没有听到哪位教授计较报酬问题，大家不是冲着钱来的，而是因为热爱教育事业而来。”

当时，校领导曾希望王教授筹办建筑学专业。王教授坦言，建筑学专业底蕴深，学科多，对学生的要求是文化基础厚实，距离太远了。他建议先办室内设计专业，各高校都是20世纪80年代起步，差距不太大。校领导采纳了他的思路。后报考人数众多证明了这一策略的成功。

王教授清晰地记得，第一次来建桥学院（康桥校区），主教学楼还没有封顶，周边是一大片农田。大家聚在康桥路上的康桥大酒店开会，看到沪南公路上来回的公共汽车上，都打着建桥学院的广告，他顿时感受到民办高校不一样的办事作风。最令他难忘的是招生咨询会现场的火爆。那天，他与其他专业主任都在万体馆，现场接待家长、考生咨询。来的人太多，宣传资料很快发完了，黄校长立即安排车子回康桥去取。家长、考生们等了一个多小时，终于等来了宣传资料，大家都扑上去狂抢，把咨询台都推倒、踩烂了。家长、考生们对高等教育资源的期盼与渴求，给王教授留下了极为深刻的印象。

2002 年 9 月，建桥成立艺术设计系，下面设置环境艺术设计专业、视觉传达设计专业、广告设计专业、动漫专业和风景园林专业。2006 年，艺术设计专业（环境艺术设计方向和视觉传达设计方向）申办本科。据后来反馈，当评审专家听说建桥艺术设计系主任是同济大学工业设计专业的创办人王曾纬教授时，很顺利地就给予了通过。2007 年，王教授又提出珠宝专业申报本科，当时校领导有顾虑，因为珠宝专业还没有一届毕业生。王教授从国内外行业发展趋势与上海独特的优势等方面加以阐述、分析：上海珠宝年销售额超千亿元人民币，但中国的珠宝首饰缺乏设计，卖的是材质和工艺，西方的珠宝首饰也讲究材质和工艺，但更重视设计的附加值，可是中国当时没有珠宝设计专业。如果建桥学院打珠宝设计这张牌，一定会引起市教委的重视，成功率会很高。这番话说动了校领导同意申报。不出王教授所料，珠宝专业顺利升本，由此一炮而红，至今都是建桥办学特色中的一大亮点！

二

2000 年刚建校时，编制教学计划和聘请兼职教师是当时专业主任的头等大事，由于王教授多年的人脉，聘请到的兼职教师水平较高，都是国内业内的权威、专家。最让王教授难办的是教学，是怎样面对从没接触过的学生类型。

“没有对比，就看不到差距，”王教授风趣地说，“没有建桥学生的对比，我在同济大学教了一辈子书，都不知道重点大学的学生是多么认真、自觉！”毫不夸张地说，第一学年，80% 以上的学生不想听课，上课玩游戏，睡觉，甚至有男生一言不合就拿椅子想砸老师。

王教授经常到教室现场听课，仔细观察学生的课堂表现，并逐个找课堂表现不佳的学生私下谈心。通过深入接触了解，王教授很快发现这群学生的优点：思路活络，动手能力、活动能力都很强，自尊心强，喜欢正面激励。于是，他多采取鼓励式的沟通，幽默地对学生说：“你们都是很聪明的，打游戏打得这么好，我就学不会。你们只要下功夫，学习肯定能搞上去！”

设计专业的特点是功夫在课外。学生在课外做方案，上课时带回来，老师指导，分析、修改方案。可这群学生课外光知道玩，什么都不做，就算老师送一个方案给他，他也看不懂。教学非常困难，任课老师们都快崩溃了，纷纷打电话向王教授诉苦、抱怨、甚至发脾气。王教授则“和风细雨”地安慰他们，劝服老师们及时调整教学风格，对这群学生不能急，不能骂，要更加有耐心，有爱心，“严格要求”与“热情鼓励”并重。

三

与此同时，王教授带着团队加快了教学改革的步子。一方面，他们积极寻找本科教育与高等职业教育的区别，探索高职教育的办学特点；另一方面，他们深入研究就业岗位所需要的职业技能，对课程设置加以调整，有增有减。经过几年来不懈的探索与实践，他们创新思路，建立了以培养职业素质为目标、强调艺术与技术的结合、适应市场需求的课程结构体系。

如，以前的环境艺术设计专业大多重视“设计的专业表现”，缺乏“建筑”的专业理论和专业实践，王教授团队引入了建筑相关学科知识，增加技术理论课程，夯实基础，使学生的艺术与技术能力相互渗透。

再如，环境艺术设计专业与装潢艺术设计专业明确以主干课程——设计课为主线，加强思维能力、创新意识、设计表达能力的培养，删减了一些在理论上要求过高的课程或教学内容。为强化学生的动手能力，把职业资格考证的教学要求完全融入到专业课程中去。为使课程教学内容与社会需求一致，把学历教育教学计划规定的基础理论和专业知识与职业资格考证内容融为一体，实现“双证融通”。由此，环艺专业与装潢专业学生职业资格考证的合格率达到或接近100%。

另外，通过调查回访，2000年以来的环艺专业毕业生80%以上的职业岗位是在家庭装潢企业，根据企业对人才技能的要求，王教授在教学中有针对性地增强对学生室内设计能力的训练，把岗位对人才的要求都落实在课程中，所培养的学生适岗周期短，实践动手能力强，获得了用人单位的普遍好评。历年来环艺专业毕业生的就业率也达到或接近100%。

美术课程是设计类专业的重要专业基础课，普通高校设计类专业的美术课教学历来强调绘画基本功的训练，这样的模式更适合培养专业画家，但作为高职设计类专业的基础课有与专业相脱节的地方。从2002年开始，针对美术课教学存在的弊端，王教授与团队大力推进美术课教学改革试点，经多年实践，形成了以下三大特色：

首先，美术课直接为专业设计课服务。美术课教学突破了沿用多年的石膏像—静物—风景的传统教学模式，与专业教学结合，采取由素描入手，建立黑、白、灰明暗关系。色彩训练超越单纯技巧和经验的传授，从马克笔快速表现效果图的临摹、写生入手，并加大写生训练，为培养核心主干课程的设计表达能力打下基础，使美术课名副其实地成为专业课的基础。

其次，明确美术课是培养设计思维的起点，在美术课教学中融入设计的要求。如字体设计、色彩训练等不再是简单的照抄照画，而是要求独立设计完成。这样做，除了能培养学生的审美意识、审美能力、表达能力外，更能培养了学生的设计思维和创新能力，也能为设计课的教学打下良好的基础。

其三，美术课教学与实践相结合。如作业要求学生为学校设计一个雕塑、壁画等，优秀作品一经评审采用，便可实施。学生的作品被广泛地布置在校园内。

这样的教学改革极大地激发了师生们教与学的兴趣，学生们从“不爱学”到通宵达旦地投入学习与创作，发生了惊人的变化！不少学生还在“金犊奖广告设计大赛”“全国大学生广告大赛”等知名赛事中频频获奖。

四

王教授还高度重视“接班人”与青年教师的培养。

作为青年教师的导师，他不仅言传，更重身教：他自己对教育事业的执着追求，对工作的全心投入，对学生的大爱，时时激励引导着青年教师成长；他组织青年教师探讨教学方法，指导青年教师编写讲义，对青年教师提升业务能力起到了极大的带动作用。有些青年教师来自艺术院校或建筑类院校，在承担教学改革任务时，他们自身的知识结构、在艺术与技术的结合上可能也有欠缺，但王教授从不在大庭广众下直接指出或提出批评，而是通过安排互相听课或共同备课等方式，引导青年教师自己发现不足，奋起直追。另外，他还亲自主持并指导青年教师完成一批室内设计工程，通过工程实践，加强了教师的实践能力，加速了专业中“双师型”队伍的建设，进一步提高了专业的教学质量。

王教授待人和蔼亲切，对青年教师尤其循循善诱，不刻板，不教条，富有人格魅力。他的工作例会曾是众人期待的“脱口秀”，他经常与青年教师们一起午餐，在看似随意的笑谈中，留心每位教师的亮点、优势，再根据每个人的个性、特长加以点拨、培养。

小董老师曾是一名普通的辅导员，经她业余辅导的不少学生多次获奖后，她也想往专业的路子上再发展，于是申请转岗为专业教师。当时极少有辅导员转岗成功的先例，学校起初并不同意，但王教授看好小董的设计才能，顶着诸多反对的声音，多次为她说话，让小董成功转岗。后来小董成为一名出色的专业课教师，担纲视觉传达设计系系主任，后又成为业界知名的广告设计师。小董说：“王教授的洞察力与知人善任改变了我一生的命运！”

小徐老师刚来不久，王教授就委托她主持专业课教学大纲的修改工作。这可把小徐老师惊到了。要知道，这套教学大纲可是王教授与系里的另一位权威共同搭建的。小字辈怎么敢改老先生的作品？！刚接到这个任务时，小徐诚惶诚恐，只稍稍改动了一些就交差了。王教授没通过，他一眼就看出了小徐的心思，说：“小徐啊，平时聊天的时候，我听到你关于专业改革、专业建设的很多观点都是对的，胆子还要再大一点，我的思路想法可能落伍了，你尽可以放手大改。”望着王教授信任、期待、和善的目光，小徐内心的忐忑化解了，她放下心来，按照自己的思路来，既保留了传统的根基，又增加了不少专业建设的新内容。这一次，王教授很满意，他又补充了教育部的要求，完善了细节，一份新大纲完美“出炉”！通过这样手把手地带教，青年教师们很快成长起来，一个个挑起了大梁。

王教授关心帮助每一位青年教师，但他总是默默在背后助推，做了好事也不张扬，从不居功，不求回报。有位青年教师因误解心生怨恨，曾写信向校领导诬告王教授，王教授知道后并没有打击报复。在该教师升职称、聘任时的关键节点，王教授还极力劝说上级包容年轻人犯错、再给机会，直到今天，该教师都不知道他的顺利晋升竟是王教授在帮助他！

自 2000 年 6 月到任以来，王教授的本职工作是系主任、教师，但大家都知道，他还有一份义务工作——建桥学院（康桥校区）的校园建设，从规划设计、内部装修到雕塑布置，处处倾注了他的心血。信息图文中心大楼的二楼报告厅、四楼大会议室、底楼大厅、旅游专业酒店实训室、陶艺实训室、木工实训室等建筑内装修，标志性雕塑“腾飞”也都是王教授亲自设计或带领教师们一起设计、创作的……

王教授敬业奉献的精神得到了校内外的一致推崇，2006 年他被评为“上海市职业教育先进个人”。面对荣誉，他仍是淡淡一笑，谦逊地说：“工作是大家一起做出来的，这个奖是对我的鼓励！”

（何羽 整理）

“大神”飚哥
——记外国语学院首任院长左飚教授

左飚教授温厚儒雅，学富五车，却低调内敛，不显山露水。他是一个讲故事的大家，无论是高深学问还是寻常趣闻，无论用汉语还是英语，他都能深入浅出地娓娓道来，讲得出神入化，余音绕梁。他长期从事高校英语教学和研究工作，对国学也有深入的理解和研究。他曾应邀在国内外100多所高校、大型企业、科研机构、政府部门和高峰学术论坛讲学，面向美、英、澳等发达国家及“一带一路”沿线30多个国家的访华学者、企业高管和高校师生等群体，阐述中华传统文化，讲好中国故事，被誉为“学贯中西、才通古今的大师级教授”。

左飚教授不仅有骄人的学识魅力，更有超群的人格魅力，在建桥外语系，他是学生们心中的“大神”“飚哥”，是全院教职工，尤其是青年教师心中的偶像、人生导师。

团队建设是建系之本

左飚教授于2001年应邀加盟上海建桥学院，创建外语系。

在硬件建设已由学校统一承担的前提下，系领导班子的团队建设就成了建系工作的重中之重。良好的团队能发挥每一位成员的优势，使大家和谐相处，协同工作，高效地完成既定目标。当年外语系的领导班子由党、政、工以及英语专业、日语专业和大学英

人物简历

左飚，男，1942年2月生，江苏常熟人，教授。曾先后在南通大学、上海海事大学和上海建桥学院担任外语系主任（院长）职务，曾任上海市科技翻译学会会长、中国英汉语比较研究会常务理事；曾应邀任美国夏威夷大学同声传译导师、新加坡南洋理工大学客座教授、英国兰卡斯特大学高级访问学者。曾长期从事研究生、外国留学生及MBA/EMBA教学，历年来在国内外学术刊物上发表学术论文60余篇，涉及语言学、文学、管理学、翻译及高等教育等领域。出版专著、教材、辞书共15部；曾主持省部级科研项目2项。获得的上海市级和国家级奖励及荣誉称号主要有：上海市高校教书育人一等奖、香港招商基金会优秀教师一等奖、上海市高教精英提名奖、上海市劳动模范、全国“三育人”先进个人等。1995年获全国“五一”劳动奖章，享受国务院政府特殊津贴。2010年获中国翻译协会授予的“资深翻译家”称号，2013年获上海市科技翻译学会“终身成就奖”。

语教学部负责人组成。但优秀的团队并非一蹴而就，而是逐步形成的，左教授利用民办高校用人机制比较灵活的优势，大大加速了这一“逐步”的进程。

建系伊始，各路人马会聚外语系。想法、要求不一的人在一起，难免有着不同的诉求，发出不和谐的声音。“道不同，不相为谋”，左教授采取“严进宽出”的用人原则，经过不长时间的筛选、重组和磨合，外语系很快建立了一个三观相符、志趣相近、步调一致的领导班子，形成了一个和谐、团结、高效、有凝聚力的核心。这套班子的特点是拥有三“心”（公心、爱心、责任心）和三“力”（能力、活力、亲和力），而且配合默契，因而特别有战斗力，受到全院教职员工的充分肯定和赞誉，被赞为“黄金搭档”。

一个团结、和谐、进取的团队，能量是巨大的，大家各司其职，心往一处想，劲往一处使，使外语系的队伍建设、专业建设、学科建设和其他各项工作迅速进入了蓬勃发展的快车道。仅举一例可看出当年的办学成效。

外语系于2006年首次招收了英语本科学生，学生的入学成绩并不理想。但经过两年的教学，本届学生于2008年首次参加了全国英语专业四级考试（TEM4），通过率为76.4%，比全国平均通过率61.8%高出近15个百分点；其中翻译班学生的通过率高达91.5%。2007级学生于2009年参加了全国英语专业四级考试（TEM4），通过率为77.63%，比全国平均通过率58.62%高出19个百分点。也就是说，建桥第一批英语本科学生参加全国英语专业四级统考，成绩就超过了全国大部分办学多年的高校学生的成绩。英语专业学生在计算机考试和英语四、六级考试中都取得了优异的成绩。在专业课与公共课的考试中，合格率均达到99%以上。建桥外语系在如此短的办学时间内取得如此耀眼的成绩，办学效率与效果令众多同行专家刮目相看，赞叹不已，被本科专业评估专家誉为“令人惊异的奇迹”！

“身正”是无声的命令

我国古代著名教育家和哲学家孔子说：“其身正，不令而行；其身不正，虽令不从。”他还说：“政者，正也。子帅以正，孰敢不正？”孔子认为，作为管理者，凡事应该以身作则，依靠个人的言行和人格魅力来影响和感召他人，而不是仅靠发号施令。管理者自己“帅以正”，一身正气，一心为公，不谋私利，勤勉敬业，即使不发号令，员工也会自发仿效，主动工作；反之，如果自己心术不正，即便依靠行政手段强制推行某项工作，也不会有成效。建桥外语系当年的领导班子正是按照这一原则从事全系的教育和教学管理的。

左飚教授是知人善任的高手和放权鼓劲的行家，在班子一班人里，他总是放手让每个成员独当一面处理分管事务，从不横加干涉和指责，同时又不乏关切和检查。他常常根据自己的经验和体会，给予语重心长的指导和帮助，使外语系的班子紧紧拧成了一股绳，大家团结奋进，心无旁骛。身正就是无声的命令，这样的班子产生了巨大的凝聚力、向心力和感召力。用总支书记沈百尧教授的话来说，“全系出现真情凝聚人心、和谐促进发展的良性循环局面”。

由于大家不存私心，凡事公正透明，所以每次召开系务会，班子成员的意见总是高度一致。每次期末或年终评奖时，常常出现一个有趣而又感人的现象：系里首先发动全体教职员工无记名推荐，推荐结果往往是领导班子成员票数比较集中，这是群众对班子成员的工作肯定的表现，也在意料之中。但在最终落实奖励人选时，所有班子成员个个推让，坚决不肯接受，要求把名额让给其他老师。在这种“见工作就上，见荣誉就让”的氛围中，外语系从来没有出现因评奖而发生矛盾的情况。

左教授待人温厚礼让，但他也不是一个没有个性的好好先生，他秉公办事，讲究原则，疾恶如仇。对于偶尔出现的个别人工作懈怠、推诿责任或弄虚作假、泄露考题等现象，他十分生气，绝不姑息迁就。他认为，歪风不可长，必须扼杀在萌芽状态。通常他会约上总支书记一起找相关老师谈话，晓之以理，动之以情，使他们深切认识到自己的错误，表明痛改的决心，以新的面貌投入到工作中去。左教授一方面严肃处理不良事件，另一方面又十分注意保护当事人的自尊心，使相关老师在往后的工作中更加兢兢业业。

“好做”与“做好”

凡事一刀切，相对比较“好做”，但要“做好”，就必须因时、因地、因人制宜，灵活处理。左飚教授认为，民办高校的优势正在于机制、体制灵活，完全可以充分利用这种优势，在教学管理、学科建设、人员聘用以及其他办事方式上避免简单划一、刻板僵化，既不排除“好做”，按规则办事，更力求“做好”，因势利导，乘势而上。“做好”体现了解放思想，拓展空间，知难而进。

在左飚教授的带领下，外语系大胆创新，在教学、科研和学科建设等诸多事务上追求上佳效果和高效率，力争“做好”，如大学英语分级教学、新老教师结对子活动、教师轮流坐班答疑、课外阅读开列必读书单、晨读辅导、集中实训的专题研究、招聘面试方法改革等等，都收到了良好的效果。

现仅举招聘面试方法改革一例，说明左飚教授如何重视工作的效率和效果。外语系一反各单位在招聘时对应聘人员逐个面试的常规做法，而是在系内成立了一个面试小组，事先拟定了面试提纲，小组成员人手一份，现场采用面试人员与所有应聘人员（人数常达10名左右）集体对话、讨论的方式。应聘者逐个面试的做法单调且耗时多，面试人员对前后应试人员的表现难以留下清晰印象，很难做出准确的比较和鉴别；后者做法生动活泼，花时少得多，而面试人员很容易在应聘人员的抢答与讨论中发现拔尖人才，甚至连应聘者本人也能在与他人的比较中即时发现自己的长处和短处。这一别致的面试方法很容易使优秀的应聘者脱颖而出。面试结束后，小组成员集体讨论时，大家的结论往往高度一致，没有任何异议。为此，总支书记沈百尧和办公室主任周懿方开玩笑说：“我们的这一面试方法太高效了，可以申请专利哦！”

“飚哥”的人生信条

2002年，学校成立了外语系（后改为外国语学院）。左飚教授是学院的灵魂和主心骨，他看似超凡脱俗，却一切心知肚明。学院每一件事的缓急轻重，每一位老师的工作状态和个人情况，他都了如指掌，娴熟于心。他是学院一把手，要主持工作，要召开院务会和全院大会，要布置检查、总结评议，要讲任务、提要求、摆问题、出主意，事情千头万绪，但左教授的一贯做法是删繁就简，精神引领，不拘泥繁文缛节，也不多讲大道理。他经常是简明扼要提一提任务要求，便大处着眼，结合学院和社会实际引经据典讲几个古今中外小故事，既含义隽永，又发人深省，或用他那雄厚的男中音朗诵一两首小诗，拨动心弦催人奋进。台下教师们往往全神贯注，听得如痴如醉，讲完爆发热烈掌声，觉得意犹未尽，同时又感到心满意足，增添了克服困难的勇气和信心。

左飚教授是英语老师。除了上好英语专业难度较大的高年级英语课程外，他还深入研究语言学、教育学、哲学、管理学、逻辑学、心理学、法学、传统文化等等，对每个领域都有较深造诣和独到见解，在每个领域都能提炼归纳出令人注目的雄文和演讲稿，在校内外面对中外社会精英、大学师生演讲，既高屋建瓴又引人入胜。

原英语 2002（5）班班长兼团支书，现为美国 Booking Holdings 公司大中华区高级大客户经理（香港）的缪进芸校友回忆说，左老师的讲座最受欢迎。由于他讲课声情并茂，而且幽默风趣，每次只要他开讲，大会堂都是里三层、外三层挤得水泄不通。每当左老师出来主持活动时，场下常常一阵欢呼，学弟、学妹们私下里极为兴奋地说："飚哥出来啦！飚哥出来啦！"把七旬老人称为"飚哥"，其间蕴含着多么深厚而又亲切的师生之情！左老师就是这么平易近人，无论是 80 后，还是 90 后，他都能与之打成一片，毫无代沟。

左教授令常人难以企及的还有一个特点是孜孜不倦，永远进取，永不停步。对大多数人来说，古稀之年早已赋闲在家了，但左教授退休后，还在为创新传播中国文化而奔忙。2021 年 3、4 月间，他应美国肯特州立大学邀请，两次为师生们全英文云端授课，生动、精妙地阐释中国传统经典，反响热烈。毕业于哈佛大学的海蓝教授（Dr.Robert Holland）动情地说："这是教科书级别的讲座！"

2021 年 12 月，八十高龄的左教授发表新著《中华智慧与现代管理》，由复旦大学出版社出版。被誉为东方管理学鼻祖的苏东水先生评论说："该书选目精当，阐释清晰而又深刻，评论中肯而有创见，文字简练典雅，叙述流畅隽永，若非学深养到，含英咀华，对中华经典有深入的研究，是不可能完成这部有价值的著述的。”上海市科技翻译学会会长、资深翻译家何刚强先生断言：“凭借左飚先生仍在不断扩增的学识储备、永无止境的学问追求以及他硬朗矍铄的身体条件，他接下来将开始其学术第三春完全可以期待。”

（沈百尧、卫雪娟、缪进芸等　供稿）

晚霞依然火红，奉献仍在继续
——记新闻传播学院原院长张骏德教授

2006 年 7 月初，一个周末的下午，时任上海建桥学院副校长的郑朝科教授、教务处处长朱海麟到张骏德教授家拜访。他们获知张教授即将从复旦大学新闻学院退休，就代表黄清云校长专程前来，真诚地邀请张教授到建桥担任文化传播系主任。8 月 15 日，张教授前往当时位于浦东康桥路的上海建桥学院人事处报到。黄清云校长在办公室亲自接待了他，热忱欢迎他加入建桥。黄校长花了一个多小时详细介绍了建桥办学的历程、文化传播系的现状，明确要求系主任的具体任务。一位大学校长如此和气慈祥，亲力亲为，非常讲求工作实效，使张教授十分感动，增强了他在教育战线继续发挥余热的决心与信心，也打消了他对“人生地不熟”的顾虑，开始了新的人生征途。

一晃，13 年过去了。

张教授参加了上海建桥学院艰苦创业、加强学科建设与专业建设、实现跨越式发展的工作过程。记忆中，在建桥一线工作的 8 年多时光，是他最愉快、引以为豪的岁月。

专业建设：实现了新闻学专科向新闻传播学本科的发展

遵照学校“定好位，入主流，重质量，创特色”专科向本科转型期的工作方针，张教授和他的团队奋斗了几年，基本实现了“专升本”的转变——2007 年 8 月，新闻学专

人物简历

张骏德，男，1942年3月生，上海嘉定人。1959年9月考入复旦大学新闻系（5年制），1964年7月毕业后留校任教。复旦大学新闻学院教授、博士生导师。先后担任复旦大学新闻系采访写作教研室副主任、广播电视专业主任、广播电视新闻系主任、教育部重点科研基地——复旦大学信息与传播研究中心副主任。2006年8月至上海建桥学院工作，先任文化传播系主任，2011年4月任新闻传播学院首任院长，2013年7月任顾问，现为传播学科专家指导委员会主任委员。至今从事教学、科研工作达56年，主编与撰写新闻传播学、广播电视学教材与专著25本，发表各类学术论文300余篇，获得中国新闻奖、市高教优秀教材奖、上海新闻奖、市哲学社会科研奖、市优秀博士论文导师奖等各类奖项20多个。2012年9月，获中国高等教育学会新闻与传播专业指导委员会颁发的“中国新闻传播教育贡献人物奖”。

科变为本科，第一届新闻学专业本科生入校；2008年8月，广告学专科变为本科，首届本科生入校；2008年8月申报传播学本科新专业，获得成功；2009年9月初，首届传播学本科生进校；2011年后，秘书学专科又申报为本科，这就为成立新闻传播学院打下较坚实的基础。

张教授回忆时谈到，来建桥后，最困难的工作是专业建设，即专科升本科。特别是2008年8月申报传播学本科新专业，因为这是新专业，没有专科的积累，需要“重砌炉灶”，心中没底。

传播学是20世纪中叶在美国逐步形成的新学科，我国改革开放后才正式引入，

1997 年才被我国教育部承认，新闻学与传播学一起成为一级学科，在文学门类下，代号 0503。对传播学的学习与研究，大家都刚开始，各高校基本处于同一起跑线。在上海，研究传播学领先的当然是复旦大学，还有上海大学也较早研究。

为了新专业的申报，张教授详细研究了复旦传播学专业的创办过程、教学方案与课程设计，征求了复旦传播学专业部分师生的意见与建议，做了长三角地区新媒体人才需求的调查，在文化传播系老师中开展了相关科研活动，还申请了相关实验室建设的经费，购买了相关设备，做了较充分的准备。参加申报答辩之前，他向黄校长汇报了申请书的内容，并在学校领导班子中反复讨论了三次。

2008 年 8 月 17 日，负责高校新专业申报审定的专家组在上海师范大学国际教育交流中心会议室，逐一对上海高校申报新专业进行会审。那天天气特别燥热，最高气温达 37 摄氏度。张教授不到 9 点就到达候审室，在焦急不安中等了三个多小时，直到中午 12 点 10 分才轮到他汇报。

他一进会议室，一看三位评审专家都比自己年轻很多。刚落座，其中最年轻的一位女士问他第一个问题："传播学与新闻学有什么区别？"他就暗暗好笑，知道她明显不懂传播学，紧张的心情一下子放松了。他赶快用最简洁的语言阐述了新闻学与传播学的定义、异同点。

第二位年龄 50 多岁的专家问："你们已经有了新闻学专业，为什么还要办传播学？"张教授就侧重回答：1995 年以后互联网在中国大普及，新媒体在中国大发展，传统的新闻学专业是侧重培养报社、电台、电视台记者编辑的；而传播学专业是侧重培养大量网站与新媒体（当时为网站、网页、博客等）采写编与管理人才的，当然传播学专业毕业生也可担任新时代企事业宣传干部与社区工作者。

第三位专家问："你们创办传播学专业的条件呢？"张教授就逐一介绍了师资队伍引进与培养情况、已有传播学研究成果、实验室条件、产学研结合情况等。

张教授汇报结束，时间已近下午 1 点，他赶快匆匆吃了盒饭，然后就去忙别的事情了。

事后他才知道，建桥申报传播学专业的竞争对手是上海商学院，商学院的汇报人正是张教授以前指导过的一位传播学硕士生。最后，建桥成功申报了传播学本科专业；上海商学院虽未成功申报传播学本科专业，但成功申报了广告学本科专业。

学科建设：带出了一支适应新闻传播学教学科研的师资队伍

上海建桥学院是应用技术型大学，与理论研究型重点大学不同，然而理论联系实际、开展科学研究、培养好师资队伍这些方面的基本要求还是相同的。民办高校科研普遍较弱，大部分教师忙于上课，疏于科研。张教授在担任文传系主任、新闻传播学院首任院长期间，高度重视科研工作，他对教师们强调：从事相关专业科学研究，不仅是为了出科研成果、晋升职称，更是为了学科建设，提高教学质量，更好地培养优秀人才。因此，他要求教师教学与科研应有机结合，不可偏废。为此，还采取了一系列措施：以专业为单位组织科研小组，由专业主任担任组长；教授、副教授与讲师、助教结对子，一起负责某个课程建设与科研项目；每学期举行两次科研经验交流会；鼓励并组织教师参加国际国内各种相关的学术研讨会；还有计划地组织申报科研项目，确保每位老师都能参加科研项目；对个别从事科研有困难的老师，还专门予以辅导、鼓励，帮助其修改论文等。

2006年8月至2013年5月，张教授在党总支书记陆佩耀的支持和协助下，在36位教职员的共同努力下，共申报成功了教育部项目、市哲学社会科研项目、市教委优青项目、市语言文字工作委员会项目、市民办教育项目、校级科研项目等共53项，基本都按时结项。这支团队先后共出版了30多本各专业教材、学术专著与论文集，发表学术论文100余篇。

在建桥工作期间，张教授先后主编与撰写了《学苑新迹——张骏德新闻传播学论文集》（28万字），珠海出版社2007年1月出版；《新闻报道改革与创新》（33万字），张骏德专著，中山大学出版社2008年6月出版；《广播电视新闻实务教程》（27万字），张骏德、王晶红、朱金玉编著，文汇出版社2008年12月出版；《多媒体时代的文化传播》

（27.8 万字），张骏德、陈祝林主编，化学工业出版社 2010 年 8 月出版；《新闻写作学》（29.7 万字），张骏德、周红丰编著，化学工业出版社 2010 年 8 月出版；《传媒转型期新闻传播学论文集》（25 万字），吴谷平主编、张骏德执行主编，上海交通大学出版社 2013 年 10 月出版；《大辞海》文化新闻出版卷，张骏德为编写者之一，上海辞书出版社 2013 年 12 月出版；等等。另发表学术论文 36 篇，其中 15 篇在 CSSCI 学术杂志上发表。

同时，教职员们也收获了一系列科研成果。他印象最深刻的是在 2010 年 5 至 10 月的上海世博会期间，秘书学专业的冯修文、莫玉羚、赵琳红等英语老师，发现世博会宣传用的标语、广告、提示牌、说明书等（均中英文对照）的英文翻译有差错，进行调查研究，寻找出 1000 多条差错，做了一本勘误表，申请了一个市级科研项目，成果为市委宣传部、市语言文字工作委员会采纳，及时纠正了英语翻译中的文字差错，为改进世博宣传做出贡献。周红丰、沈慧萍老师接受市委宣传部布置的任务，带领传播学专业 50 名同学，花了一周时间在全市抽样调查了 500 户人家，进行了上海市民对媒体世博宣传意见的社会调查，并在《新闻记者》（CSSCI 学术刊物）当年的 7 月号上发表了《上海市民眼中的世博新闻：一项报道效果调查的分析报告》。周红丰、张骏德另合写的论文《论世博宣传中的电视深度报道》，参加当年中国广播电视协会举办的“全国世博宣传论文大奖赛”，荣获一等奖。（注：全国共 5 个一等奖）

正是由于有丰硕的科研成果做基础，才有段继红、高东、钱晓文、卢宁等 4 位老师晋升教授，王晶红、阿娜、沈慧萍、莫玉羚、赵琳红等 11 位老师先后晋升副教授。张教授在担任系主任、院长近 8 年中，教师申报晋升高级职称的成功率为 100%。

人才培养：建桥新闻传播学院各专业的就业率平均超过 98%

张教授说：“建桥新闻传播学院毕业生就业率高，首先应归功于党总支书记陆佩耀与全体辅导员的辛勤工作，我只是付出了绵薄之力，但我体会很深。”

世界上最珍贵最纯洁的是师生情谊。在复旦，张教授先后辅导过72位硕士生、博士生、博士后，与他们结下了终生友情。在建桥，他除了行政工作，还先后为新闻学专业、传播学专业上了新闻学概论、新闻采访写作、广播电视概论、新闻传播学讲座等课程，与学生们结下了深厚友谊。

张教授认为，建桥学生与复旦学生各有特长。从进校前的考分看，当然复旦学生的学分高、知识面广，主要为识记能力强，外语水平较高。然而，在理论联系实际、动手能力、社会活动能力、劳动与吃苦耐劳能力等方面，建桥学生没有落后于重点高校学生，相反有过之而无不及，建桥的个别尖子生更适合相关工作岗位。例如：2007 级建桥首届新闻学专业本科生，2011 年 6 月毕业时参加上海市新闻界招聘测验，丁荣进了解放日报报业集团的《东方体育日报》采访部，张高峰进了上海电视台新闻部，其他重点高校不少本科生甚至硕士都淘汰了。丁荣先在采访部工作，后在新媒体部工作，年年被评为报社优秀记者、集团优秀员工。张高峰后因种种原因辞职，自主创业办了一个文化传播公司。这两位同学每年春节都会看望张教授，相聚畅谈。

2019 年 12 月，上海新闻记者证调换新证，需要在网上即席考试，合格者才能换得新证。考核当然很严格，是闭卷考试，在指定的时间、地点考试，有专门老师监考。丁荣同学忙于工作根本没时间复习，却以 100 分（满分）的成绩名列更换记者证榜首。丁荣说：“当年张骏德院长主讲的新闻学概论、新闻采访写作课与高东系主任主讲的新闻编辑评论课及习作讲评，至今使我受用无穷……”这也是学生对建桥新闻传播学院办学的最好评价。

岁月如歌，流年似水。张教授现已 78 岁了，目前仍担任着建桥新闻传播学院传播学专业指导委员会主任委员，对建桥的奉献仍在继续……

（何羽　整理）

我们的学生出去要有底气
——记原机电工程系主任李世基教授

李世基教授和黄清云校长曾是20世纪60年代上海第二工业大学时期的老同事。在“四人帮”倒台、“文化大革命”结束后的80年代，他们一起完成了二工大机械系的教学改革与创新，创建了工程师（新技术）进修班，完成了专升本及本科的教学升级。

建桥学院筹建初期，举办方就有办大学的雄心和设想，请黄校长主持，多次召开各专业各学科教师的座谈会，多方听取建议。最后根据上海的实际状况，决定先办文科专业，再办工科。2003年3月，建桥学院已初具规模，李老师接受了黄校长的邀请，着手筹建建桥机电工程系。

一

筹建初期，除规划学科建设和实验室建设之外，最困难的事是引进人才。李老师说，“主要精力都花在找人上了”。从各高校现职人员中请专业教师来民办学校任专职教师几乎是不可能的，刚毕业的大学生还承担不起教学的重担，李老师只好先从社交圈中寻找。他首先想到了自己的高中同学、好友李显荣高工。

毕业于成都工学院的李显荣1965年被分配到上海工程机械厂，“文化大革命”中该厂内迁至湖南常德，规模也扩展到万人以上。李显荣曾任该厂工程研究所所长、总设

人物简历

李世基，男，1941年4月生，重庆市人，无党派群众，教授。1964年8月毕业于重庆大学机械设计制造工艺设备及自动化专业（五年制本科），1964年9月至1993年8月在上海第二工业大学任教，"文化大革命"结束后任机电系教学主任。1986年至1987年，通过国家水平考试赴苏联白俄罗斯工学院做高级访问学者，研修工业机器人。1994年9月至2006年9月上海开放大学机电系任教。2003年3月至2011年3月在上海建桥学院机电工程系任教，任机电工程系主任。长期从事机电一体化控制技术、机械工程测试技术的教学和科研工作，曾获上海市和国家优秀新产品重要贡献奖、国家教委全国优秀教学仪器奖、上海市重大科技成果三等奖、上海市优秀教学成果奖、上海市育才奖等。主要著作有《微机与可编程控制器》（主编），《可编程控制器程序设计》（著者），《工业机器人操作手及采用工业机器人的生产单元设计》（译著）。上海市政府专家库专家，上海市教委机电专业高级职称评委。

计师、上海分厂技术厂长等职，他主持研制成功的45吨汽车吊获湖南省重大科技成果奖。退休后家住上海松江，被大型私企龙工集团请去主事。李老师就跑到松江"游说"，劝说李显荣"你还是应该教书，培养些学生"。当时因为家离建桥学院太远，李显荣没有答应。后经李老师多次登门邀请，鉴于长期的友谊，李显荣终于答应来建桥执教。

第二位也是具有企业从业背景的高工魏苏宁。他毕业于重庆大学无线电系自控专业，曾在南车集团戚墅堰机车车辆厂从事技术工作30余年，熟习机床电气，参加过机床数控改造，还有很强的行政管理经验和公关能力。第三位是蒋忠理。蒋忠理曾在上海外语职业学院任教，在上海交大获得研究生学历。他积极肯干，勇于承担教学工作，且熟悉专科类学生的特点。第四位是曾任上海机床公司组合夹具厂装配室主任的陈峰。他熟习各种机床的加工工艺及工装夹具、机床的保养维护，是20世纪60年代上海有名的航模制作者之一。陈峰当时还在给一家美国模型公司做顾问，被“挖”到建桥后美国公司又挽留他多待了两个月才完成工作衔接。第五位是毕业于天津职业技术师范大学、在广州白云学院教数控的青年教师张云玲，她曾带领学生在广东的历次数控技能竞赛中取得了优异成绩。接着，专攻构件优化设计的上海交大罗中华博士也来了。到此，建桥机电系教学团队的“骨架”已搭成。

在后来的发展中，西北工业大学机电一体化专业的孙建华硕士，上海电大机电一体化专业毕业生杨洁浩，徐州中国矿大的马良河博士，上海大学的郭华硕士（后在建桥工作时完成博士学业），天津大学的王丽萍硕士，四川大学的王冬梅博士，顾汝淮工程师，楼纪国、吴元生、蔡文全高工等先后加入了教师行列。当大部分机床安装调试好后，李老师又从上海机床厂引进了四名骨干技工——姚忠勤、严琪、顾琪、叶建强，长期从事工具、刀具及材料等杂件管理的专业人才钱珊珊， 天津职业技术师范大学机电专业的应届毕业生刘永峰、秦旭东、陈晓凯， 上海工业学校的路文海、朱颖军、钱俊等十名数控专业的毕业生，重庆大学的三位在读博士生李宁等也来建桥教学实习半年，还有武汉工业大学的退休教授李家启、李中年……一时间，机电系人才济济，生气勃勃，高学历“双师型”人才占了一半多，师资队伍特色鲜明。

二

李老师在制订机电一体化专业的学科设置和教学计划时，就把专本科做了整体考虑，头三年专本科的课程设置中都引进计算机控制技术、传感技术和伺服驱动技术，教学要求基本一致，只在具体的专业方向上做局部调整，第四年再加强本科专业方向的技术能力。整个团队在不到一年的时间里，按自主设计，能买部件就不买整机、自己组装节省开支的原则，建成了 CAD/CAM 实训室、PLC 实训室、电机与伺服驱动实验实训室、传感器与测试技术实验室、液压气动技术实验室、金工实训室、数控系统实验实训室、数控机床典型功能部件与教学模型实验室、综合创新实验室等 9 个实验（实训）室，其中液压实验装置和 PCL 实验系统全部是自制的。

李老师常说："事情不是一个人能干出来的，我们有一个好团队。"他没有教授的架子，待人真诚随和，在他的带领下，机电系组成了一个亲如家人的团队。用陈峰的话说，"大家坦诚相待，说话诚恳，相处融洽，从来不担心因为讲错话而得罪人，默契到一个眼神就能理解对方的意思"。

2003 年，国家为了促进全国数控技术的发展提高，高教部、科技部、财政部、机械工业部、国防科工委等六部委联合在全国设立 30 多个"国家示范性数控技术培训基地建设"项目，推广数控加工技术的应用。上海只分到两个点，即上海第二工业大学和上海工业学校。当时二工大觉得该项目与学校发展方向不符，要放弃这个机会，后在建桥学院的积极争取下，转由建桥顶替申报。因为建桥是民办高校，具体负责此项目操作的高教部心存疑虑，对此进行了严格审查。李老师专程到北京，通过了专家质询，最后得到了国家 800 万元基地建设基金。

在具体筹建过程中，李老师遇到最大的问题是，高教部统一采购的设备清单不能满足上海地区的环境和建桥机电系的教学要求，他就自主拟定了一个约 1000 万元的设备购买清单，除了要求全部采用正规机床厂生产的数控机床外，还要购置高精度三坐标测量仪等。这违反了主办方的基本规则，高教部部长助理陈吉红博士为此来建桥调研。李老师陪他参观了在建的各个专业实验室，介绍了建桥办学理念、实验室和数控培训基地的建设思路、学生将要面对的社会环境及民办工科的艰难。李老师诚恳地说："我们的学生出去面对的大都是合资企业和进口机床，如果都用教学型机床进行培训，那他们走出校门面对现场会缺乏动手的底气，很难找工作。如果学生没有出路，学校是要垮掉的。"经过一天的深入交流，李老师得到了陈博士的谅解，同意建桥作为个例处理。

为了购买国际领先的日本 MAZAK 五轴联动数控机床，李老师与位于外高桥保税区内的日本马扎克机床办事处交往联系了近一年，最初报价五轴联动铣削中心 500 万元一台，五轴联动车削中心 400 万元一台，最后，以只购裸机的方式用了不到 400 万元购买了上述两台设备。后来，这两台机床在张云玲老师的操作下使建桥基地牢固地保持了在国内高校培训基地中技术上的领先地位。

又经半年多艰苦的努力，机电系如期完成了上海建桥学院国家开放性数控实训基地建设项目，并与实验室系统无缝结合，使数控培训基地展现出钳工、金工工艺、工装夹具、数控加工及 CAD/CAM 实训室，三坐标测量四大功能块，组成了一个完整体系，并立即投入教学使用。项目验收时，获得六部委验收专家组高度评价，专家们尤其对由仪表机床组成的金属切削加工工艺板块大加赞赏——作为数控机床加工操作的高级技术人员必须要懂得、要精通根据工件不同材料和精度、表面粗糙度的要求，设置数控机床的主轴转数、走刀量、吃刀深度、走刀次数、选用何种型号参数刀具等技术参数。这些知识必须在机床上经过车、铣、钻、刨、磨等严格的实训才能获得。用仪表机床在资金、场地、能源、毛坯耗材及刀具消耗、学生安全性上的优点显而易见——验收的专家们说，好多学校都只把教学重点放在数控编程和机床的基础操作上，忽略了这一重要的基础环节。当天的验收会后，财政部一位女专家悄悄问李老师：“你们的确做得好！不过，按规定，拨款 10% 学校可以用作劳务费，你们报表上没有劳务费这一项，真的一分钱都没用过吗？”李老师答道：“确实没用。”她感慨地说：“全国没有一个学校能做到像你们这样！”

非但没有劳务费，甚至在实验室和基地筹建期间，因为设备进校的时间不固定，需要及时接收、检验、安装、调试，李老师陪同李显荣，陈峰、魏苏宁、罗中华、蒋忠理等人还自掏腰包租房，在学校教师公寓里住了近一年时间。

基地项目验收后，机电系又得到了政府主动下拨的 210 万元奖励基金，用于基地第二期建设。值得一提的是，李老师他们购买的所有数控机床至今没有一台报损而且还升值了（其他基地的教学型机床大都报损或更新了），尤其是那两台 MAZAK 五轴联动数控机床还“身价”倍增。

在申报本科时，机电系的学科建设和实验室建设得到了市教委、教育部本科教学评审专家组的充分肯定，顺利地获得了机电专业的办学资格。2004 年招收机电专业专科学生 4 个班 149 人。专科第一届学生还未毕业（第三学年）时，建桥就获得了机电专业的本科办学资格。2006 年即招收了本科两个班 87 名学生，这在全国民办大学中是没有先例的。

三

作为系主任，李老师主张“无为而治”，全方位开放，他只管教学计划制订、课程设置、教师聘任、上传下达，具体教学安排、教学秩序管理都由系教学秘书负责调度指挥（教务处先后派驻的三位教学秘书朱燕霞、朱严林、沈伊鹂都有极强的工作能力），系主任带头服从、执行。李老师尊重每个教师的教学理念和教学方法，每门课的教材都和任课教师商量后由任课教师选用，考试考查的方式都由任课教师决定。他对年轻教师一视同仁，从不指手画脚，尽可能给大家营造轻松的教学环境，让他们充分发挥自己的专长和爱好。在李老师的积极倡导下，机电系的教师都有自己的奋斗目标和努力方向，或承担“上海市优秀科研专项基金”项目，或在职称职务等方面很快得到了提升与发展。如留校的专科优秀毕业生李晶，在担任系教学秘书和部分教学任务的同时还取得了本科和研究生学历，并获得了上海市高级技师证书；张云玲、夏雨、沈伊鹂、刘永峰都取得了硕士学位，郭华取得了博士学位，张云玲、夏雨、蒋忠理取得了副教授职称，罗中华晋升为教授。

在 50 多年的教书生涯中，李老师先后教授过 15 门课程。他备课时先把各门课当时能买到或找到的不同版本同类教材都看一遍，拿一支粉笔和一页提纲就能站上讲台，尽管口音不标准，但内容还是很吸引学生的。在建桥，李老师给学生上机械制造测试技术基础和可编程控制器应用技术两门课程，自编教材《可编程控制器应用程序设计》获评上海市精品课程。

据程烜梵、李晶等毕业生回忆，李老师上课有“趣”“活”“实”三个特点：他善于调动课堂气氛，语言风趣生动，一语中的，经常把一个抽象难懂的概念用生动形象的比喻说出来，让学生很快理解。他通过课程内容构架起激发潜能、教学相长的平台，散发创新活力。上可编程控制器应用程序设计课时，几乎每节课都有师生共同讨论设计技巧的例子，大多数举例都有三种以上的不同设计方法。李老师的课堂讲实效，不走过场，不摆花架子，训练扎实。

2006 年夏，2004 级学生程烜梵在全国数控技能大赛上海选拔赛中获第一名，将代表上海队参加大赛。在上海夺冠后，程烜梵心有顾虑，他对赴京参赛能否拿到好名次没把握，但因为备战赛事必须参加封闭式集训而落下功课却是实实在在的损失，家长也有类似想法。李老师就与张云玲老师一起家访。他说，参加比赛如果拿到好成绩或好名次，对程烜梵今后的发展很有利；如果担心因为参赛影响学习，他会课外帮助补习。后在李老师的激励、帮助下，程烜梵积极参加集训并赴京参赛，在全国 500 多名参赛选手中，获得了第 19 名的好成绩。毕业后，程烜梵应聘进入中国船舶重工集团公司第七一一研究所，现在已是热气机事业部制造中心副主任。

在李老师与同事们的努力下，一批批学生在全国、上海市数控技能大赛上频频获奖，一批批入学分数偏低的学生被培养成为企业争相聘用的“香饽饽”，历届毕业生就业率都在 98% 以上。

（李文、何羽　供稿）

从最后一名到全市第三
——记数学教研室原主任李生文教授

正如数学先辈所说，“数学是科学的皇后，也是科学的仆人”。高等数学是工科类和经管类等本科各专业必修的基础理论课，是大学生入学后首先要学习的一门重要基础课。通过高等数学的学习，大学生能获得必要的数学修养和训练，也能为学习后续课程准备必要的数学工具。高等数学学得如何，直接影响着大学生今后的深造和将来的工作。

这么重要的一门课，也令不少入学基础较弱的建桥学子望而生畏。但是，有这样一位教授，他带领同事们教出一届本科生，曾在全市统测中，取得了全市第三的好成绩！他就是李生文教授。

一

李生文1964年7月毕业于同济大学应用数学专业，同年分配在同济大学结构理论研究室，在老校长李国豪教授的指导下，从事抗爆结构理论研究工作。1965年9月参加上海崇明马桥公社“四清运动”。1966年4月9日加入中国共产党。当年6月“文化大革命”开始，返校参加“文化大革命”。“文化大革命”中，李国豪校长被造反派看管批判，停止科研工作，后来李生文的相关科研工作也停止了，他转到同济大学工程力学教研室从事高等数学等教学工作。1978年9月，李生文再回同济大学数学教研室参加高

人物简历

李生文，男，1941年6月生，山东昌邑人，中共党员，教授。毕业于同济大学应用数学专业，留校后从事科研与教学工作，教学研究方向：高等数学、概率统计、线性代数及模糊数学及其应用。曾担任党支部书记、高等数学教研室主任等职，获上海市教学优秀奖。发表过十余篇论文，主编或参编多部普通高校、高职高专的高等数学教材或辅导书，主编《考研数学零距离突破》等经管类硕士研究生入学考试复习书籍等。2001年退休。2001年2月—2011年7月在上海建桥学院任教，担任数学教研室主任。

等数学、概率统计、模糊数学等课程的教学和科研。李生文教授先是搞科研后转入教学，凭着一股认真负责的劲，他潜心教学，成为一位名师，曾获得上海市教学优秀奖。

李教授2001年退休后，经人引荐，应邀来到当时还是职业技术学院的建桥，担任数学教研室主任。当时，他就对校方说："要我当教研室主任，可以，我肯定不会胡来。但我这个教研室主任要有职有权，聘任教师，上课好的我留下，上得不好又改不了的，我要淘汰他！"他这么说，也真这么做了。

李教授与人为善，谦逊随和，他说："我这个教研室主任嘛，又不是什么领导，我就是来协调的。"数学教研室的七八位教师，虽说来自同济、海运、二工大等不同高校，但李教授一视同仁，大家共处一室，和睦融洽，结下了深厚的情谊，教学成果也是有口皆碑。前三届建桥学生在参加学历文凭考试时，数学成绩在全市名列前茅。凭着过硬的教学质量，三年后，建桥就有了自主命题的资格，不再参加上海市学历文凭的统考。李教授说："虽说是我们自己命题，但考试难度并不亚于市考，因为我们在为大学生资格把关，不能降低标准。"

二

始料不及，2006 年发生了一次"砸牌子"事件。

2006 年，建桥职业技术学院晋升为本科，更名为上海建桥学院，招收了第一届本科生。新学年（2006—2007 学年）第一学期开学不久，上海新建本科高校都接到了市教委通知：工科类和经管类等专业所有新生都要参加全市高等数学统一期终考试。在新建本科开办之际，全市组织高等数学统考，有利于促进本科基础课教学质量的提高，也有利于抓紧抓好新生其他课程的学习。

消息传到建桥，校部和教务处的领导立刻通知数学教研室全体高等数学老师组织好新学期的教学工作，争取在期末统测中取得较好成绩。见校领导对统测成绩充满期望，教研室有的老师在背后议论说，"统考考得差是必然的，考得好那是奇迹"。这话不入耳，但也是一句大实话。——建桥是 2000 年才创办的职业技术学院，五年多来仅是一所专科学校，虽然发展速度较快，但学生文化基础薄弱，距离办学时间较长的公办新升本高校有一定差距也是事实。尤其 2006 级新生，数学入学成绩在上海新建本科中是最低的。在教学过程中，李教授发现，抄作业的学生约占全班四分之一，书写不标准、乱写一气等现象比比皆是，可见很多学生没有养成正确的学习态度与良好的学习习惯。由此，李教授批改的作业本经常是个"大花脸"，因为他要详细批注、及时纠正作业中存在的问题。答疑时间，每班仅有一两个学生来问问题。——后经领导动员，教研室老师也转变了观念，树立起信心，认认真真准备教学，希望学生取得好成绩。

第一次参加期末统测，成绩很快出来了，建桥排在上海新建本科的最后一名。

大家虽有心理准备，但没想到成绩会如此之差，结果真的是"倒数第一"。一时心情都很郁闷，有几位好强的任课老师向李教授表决心，表示下次统测一定要取得好成绩。大家鼓足一股气，准备打个“翻身仗”。

三

为了打好“翻身仗”，全体高等数学老师暑假期间就开始分析研究教材的教学基本要求，狠下功夫备课。

2007—2008学年很快到来了，再次面对2007级新生高考数学成绩在上海最低分的现实，李教授和教研室的老师们认真总结了第一次统测失利的原因，仔细分析教学中存在的问题，认为主要有四点：学生入学分数低，学习不刻苦，教师准备不足，复习训练时间太少。总结上次教训，也摸清了统测的难易度、考查的侧重点，李教授对新学期的教学思路做了一系列调整，把如何学好高等数学的经验概括为16字：强化概念，熟练运算，加强应用，适度论证。具体来说就是：加深对基本概念、基本理论、基本技能的理解和掌握，增强应用能力和论证能力，学以致用，多学多练。从开学第三周起，每周增加一次复习课，加强“滚动”练习，运用表现，以激发学生课堂学习的正能量。征得校部同意，他们适当增加“滚动”式的阶段测验，每章结束即增加一次测验课。另外还有期中考试，期末总复习一周，增加三次期末模拟考试和老师讲评。任课老师每周安排2小时的答疑，以促进学生的学习积极性。

所谓“滚动”练习或测验，即是：每章教学结束做一次测验；第二章阶段测验时，以第二章内容为主，第一章为副；以此类推，第一、第二、第三章阶段测验时，就以第三章内容为主，第一、第二章内容为辅，多次反复练。对知识联系紧密的数学来说，“滚动”复习、练习、测验是十分必要的。

老师们深入了解学生的数学基础，仔细分析现状与差距；全面掌握教材要求，下功夫努力备课，认真讲课，仔细批改作业，适时安排课外答疑。不少老师课后就留在教室答疑，也有的老师放弃休息，晚上留校或住在学校招待所，以便有更多时间辅导学生。大家齐心协力，在教学过程中经常讨论研究新问题，明确各个教学环节的重点及难点，不断督促学生大步前进，更快提高。

高等数学的内容多，学时多，进度快，从中学刚进入大学的学生要有一个适应过程，关键不仅要培养自学的多个环节，还要注意培养学习能力。为此，李教授和其他教师一方面根据本科高等数学与高中阶段数学课的差别，每周在教学总课时中适度调整两节习题课，归纳总结一周所学内容，加深学生对教材内容的理解，从而深化理解概念，增强运用数学公式和运用定理能力，提高利用数学概念，加深对物理意义或几何意义的认识，运用数学定理证明新的简单命题的能力，等等；另一方面，在传授知识的同时，还十分注重培养学生抽象思维和逻辑推理的理性思维能力，综合运用新学知识分析问题、解决问题的能力及较强的独立自主学习能力，逐步培养学生自觉认真踏实的学习精神和创新能力。

由于学生和老师一起努力，在市教委组织的第二次本科高等数学统测中，曾以全市最低分入学的建桥学院 2007 级工科类和经管类新生，以微弱的差距位居上海第二工业大学、上海应用技术学院之后，排名第三！打了一个漂亮的“翻身仗”！

由此可见，入学最低分的现实，通过师生们的努力是可以改变的。

李教授说，“创造性出于艰苦的劳动”，每个人在学业上或工作上要能取得一点成绩与进展，除了必须具备一定的思维能力外，还必须下一定的功夫。进入高等学校学习的学生，应该说在智力上都具备了相当的能力。他们能通过自己的思维，掌握更高更深的知识。但是也的确有少数学生进入大学后，在学业上出现了一些问题，有的甚至掉队。究其原因，除了思想品德等问题外，导致学不下去的原因不是在学习上下功夫不够，就是能够用功而不够用脑。他希望大家学会用脑与用功，敢于迎着困难前进，善于用脑，善于钻研，善于总结，虚心求学，像海绵一样吸收他人的长处，提高学习效率，不断进步。

（何羽　整理）

为教师建立业之桥
——记人事处原处长沈龙娣

沈龙娣老师曾在两所学校工作了 26 年，后因组织需要调到机关任职。2001 年即将退休之际，应黄清云校长邀请，有机会再到学校工作，她很愉快地来了。2001 年 6 月正式到建桥学院上班，朝气蓬勃的创业氛围给她留下了至今难忘的印象，“周星增董事长有很强的社会责任感、超前意识与创新精神，他懂教育；黄校长有丰富的高校管理经验，爱岗敬业，工作扎实，经常看到他出差后家也来不及回，拖着拉杆箱就来学校……”回忆建校初期的工作环境，沈老师止不住连连点赞：“校领导班子战斗力、凝聚力强，学校风气正，从上到下，大家同心同德，人人比奉献，不谈报酬高低，不计个人得失，关系非常融洽，虽然人员精简，工作有点累，但非常开心！”

一

初来建桥，沈龙娣在各种场合多次听周星增董事长谈到建桥的办学使命之一是“为教师建立业之桥”。黄校长反复强调，学校必须把凝聚人才，建设一支高素质的师资队伍作为学校建设和发展的重中之重，坚持“治校之道，以师为本”。她深感人事部门责任重大，真切感受到人才资源是高校第一资源，是民办高校在激烈竞争环境中生存和发展的决定因素。她清晰地记得，刚来建桥时，建桥集团和建桥学院全体专职人员仅有两

人物简历

沈龙娣，女，1946年10月生，上海市人，中共党员，大专学历，高级政工师。1965年8月至1985年4月，上海纺织专科学校，任团委书记、党委委员、宣传部副部长等职。任团委书记期间，纺专团委被评为“上海市先进团组织”，个人被评为“上海市纺织工业局优秀团干部暨新长征突击手”。1985年5月至1991年2月，上海环境工程学校，任党委副书记（主持工作），被评为“局优秀政工干部”。1991年3月至2001年5月，上海市市容环境卫生管理局，任局机关党委书记、局纪委副书记、监察室主任（主持工作）、局工会主席等职，荣获“上海市建设系统纪检监察工作先进个人”、全国建设建材系统“优秀工会干部”、上海市“巾帼建功”活动先进工作者等称号，当选为上海市总工会十届委员；2001年6月至2008年1月，上海建桥学院，任学校办公室副主任、人事处处长、党委委员、组织部部长等职。

位数。之后，学校采取公开招聘与择优推荐相结合的办法，通过三个渠道快速引进人才——

由人事部门通过网上招聘和到上海人才市场设摊公开招聘，在招聘活动中大力宣传建桥学院，吸引优秀人才加盟。当时，被沈龙娣称为“摆摊头”的现场招聘工作就在上海体育场进行，寒风凛冽中，黄校长每次都亲临现场指导。

请建桥从上海著名高校聘请来的老教授，利用他们的人脉，为建桥推荐一些刚退休的教授、副教授，作为专职骨干教师来校任教，并“传、帮、带”培养青年教师。

由教务处会同各系做好兼职教师的聘请和考核。与公办高校不同，在民办高校中，兼职教师是一支不可缺少的重要力量。兼职教师队伍是学校师资队伍的一个“蓄水池”，可以进行余缺调剂，适应不断变化的办学需求。建桥专业设置紧跟市场需求，这与一支优质、灵活的兼职教师队伍配备是分不开的。

学校充分利用新建校发展空间大、民办高校机制灵活等优势，吸引了一批热爱教育事业的优秀人才。据 2005 年 6 月统计，学校已有专职教师 280 多人，其中高级职称占 41.84%，研究生学历占 40.78%。

二

民办高校与公办高校相比，优势主要体现在决策及时、职责明确、机制灵活和效率较高等方面。建桥在内部分配机制上主要体现了两个特征：

自主性。民办高校的工资标准既不能简单套用事业单位的工资标准，又不能无章可循，没有统一的工资标准。依据公平合理和激励作用两个基本条件，在黄校长的领导和具体指导下，人事处设计了建桥学院的薪酬体系，制定教师系列、教辅系列、党政管理系列工资标准及辅导员、医务人员、驾驶员等岗位工资标准。

灵活性。学校内部分配一般按各岗位的统一标准，但对一些特殊岗位和市场紧缺人才，则参照同类岗位市场薪酬水平确定其报酬。对国内外名校毕业的优秀博士、硕士及优秀中青年骨干教师实行“优质优酬”。由于工资标准有一定幅度的弹性，既吸引了一批优秀人才踊跃加盟建桥，也有力助推了学校的各种创新改革。

以严格管理闻名的建桥学院，辅导员队伍曾被同行誉为是制胜的“秘密武器”，其成效也与薪酬体系的创新设计密切相关——

创校之初，为进一步加强学生思想政治工作，使思想政治工作全方位地渗透在学生学习、生活等各个领域，学校要求辅导员必须与学生一样，每周住校五天。在严格要求的同时，学院为每个辅导员免费提供一套生活设施齐全的教工宿舍，有家具、空调、电话、独立卫生间及淋浴设备，并免收水电费。学校这一福利待遇使每个辅导员每月增加了近千元的间接报酬。学校还把辅导员的住校津贴从每月400元增加到700元。优厚的福利待遇，良好的工作环境，既调动了本校辅导员的工作积极性，也有利于吸纳社会有志人士充实辅导员队伍，形成了良性循环。

沈龙娣说："公办高校的工资标准是政府统一制定的，建桥则用活用足了民办高校机制灵活的优势，建立重实绩、重贡献、向高层次人才和重点岗位倾斜的分配激励机制，大力探索建立个性化薪酬体系。像辅导员这一薪酬体系在公办高校难以办到，完全是根据建桥生源特点与管理要求设计的，由此也有效加强了学生管理。"

三

为进一步改革用人制度和分配制度，力求实现规范管理与灵活机制相结合、相对稳定与合理流动相结合，建立健全内部的竞争、激励机制。建桥在实施岗位聘任的同时，实行岗位工资，建立以岗定薪、以绩取酬、岗变薪变、能高能低的以岗位绩效为核心的分配机制。

在岗位聘任基础上实行岗位工资。设置教学科研、学生思政工作、教辅、党政管理、后勤服务五大岗位系列；每个系列依据岗位工作的难易程度、责任轻重、任职条件等要素，分成不同等级；建立以基本工资、岗位工资和绩效工资为主要内容的新的结构工资；高薪聘用优秀拔尖人才，实行一流人才一流业绩一流报酬，充分发挥工资的激励功能和导向作用。

建立以岗位绩效为核心的分配机制。把工资总额分成固定和浮动两部分，并逐步增大浮动比例。结构工资中的基本工资属固定部分，浮动部分由岗位工资和绩效工资两部分构成。岗位工资根据学年考核结果，按教职工岗位绩效可上下浮动；绩效工资根据学期考核结果计发。通过实行工资与岗位目标责任、工作业绩紧密挂钩，合理拉开分配档次，以体现多劳多得，优劳优酬，形成自我约束和自我激励机制，从而优化队伍结构，促进学科建设，提高教学质量。

在引进人才签订合同之前，学校总是要先强调一个理念：民办高校没有“铁饭碗”“铁交椅”，建桥更是要建立“能进能出，能上能下，相对稳定，合理流动”的人才竞争与动态可控的流动机制。这就使得新进人员初进校时就能清晰认识到方向性要求。

2001 年下半年开始，人事处坚持每学期对教职工进行履职考核，教职工的奖金（即绩效工资）与教职工履行岗位职责的情况及考核结果挂钩，按考核结果“优秀”，称职（一）、（二）、（三），基本称职，不称职等六个等次确定分配系数。据统计，在 2001 年下半年至 2004 年 7 个学期的考核中，考核等级为基本称职的有 40 多人次；合同期满，不再续聘的有 18 人；试用期未能转正，终止合同的有 2 人；因考核不称职，提前终止合同 1 人。对经考核不能胜任岗位要求的人员，通过校内外流动加以置换，每年流动人员一般控制在 2%—3%。必要的流动，促进了人才良性循环。

有位教师考核等次为基本称职，不仅学期考核奖少发，而且引进时作为紧缺“双师型”教师上浮的 500 元工资也停发了一年。薪酬与岗位绩效真实挂钩，使这位教师受到触动，吸取了教训，后来他以实际行动认真履行了岗位职责，上浮的 500 元工资也随之到位。有位教师曾任专业教研室副主任，后因故不再聘任专业教研室副主任，原每月 1000 元职务津贴停发。有的教职工调任较重要的岗位，工资也随之上浮。

四

学校在建立个性化薪酬体系与公平合理竞争机制的同时，大力营造“事业留人、待遇留人、感情留人”的良好氛围。

事业是激发人才积极性的原动力，也是聚集人才的引力源。吸引人才，一定要为人才搭建供其充分施展才能的舞台，激发人才的工作热情和创新动力。有一位青年讲师，原在某高校工作时，她任教的课程都是老教师挑剩下的。到建桥后，系领导让她开了两门新课，调动了她的积极性，使她在学校发展中找到自己的用武之地，有了成就感。

学校对高层次、紧缺的优秀人才采取优质优酬，分配向做出显著成绩、突出贡献和关键岗位的教师倾斜，增大知识含量、技术含量、工作难度在分配中的比重，使优秀教师做出的贡献得到相应的回报。

学校着力构建和谐融洽的人际关系，解决教师的实际困难，注重情感投入。人事处积极为外地教师申办上海户籍，使他们在建桥安心工作；学校定期组织教职工体检，参加旅游，为教职工购买团体平安综合保险，建立教职工活动室；在上海民办高校中较早为教职工缴纳住房公积金，如此等等，采取各种措施，营造一个留人的环境。

2003 年初引进的英语老师周利群，当时她年仅 36 岁，就已是副教授。应聘到建桥工作后，上海一公办高校又来联系她，准备聘用她。但她觉得，建桥从校领导到各级干部都爱岗敬业，德才兼备，学校风气正，在这样的环境中工作她很安心。于是她放弃了到公办高校任职的机会，一直留在建桥。

五

青年教师是学校的未来，是事业的希望，决定着学校人才队伍建设的前景。在引进人才、留住人才的同时，建桥大力着手培养中青年人才，走人才强校之路。

每批新进教师入职前，周星增董事长和黄清云校长都亲自为他们上第一课，诠释建桥文化，使新教师刚进校门就明确学校发展目标、自己肩负的责任与努力方向。学校制订师资队伍建设五年规划，根据建设目标，落实具体措施。为重点保证对师资队伍建设的投入，董事会在建校初期办学经费极为紧张的情况下，每年拨出师资培训专项经费 100 万元。沈龙娣说：“这一力度，在当时的上海民办高校中是罕见的！”

学校为刚毕业、有发展潜力的青年教师聘请指导教师，实行结对帮教模式，建立绿色通道，在岗位培训、待遇方面予以政策倾斜。到 2005 年，学校先后为 49 名青年教师选配了导师，为青年教师的成长定方向、定目标、定措施。首批青年教师科研项目正式立项，8 位青年教师科研项目均获得 0.8 万元至 1.6 万元的经费。打破论资排辈的陈旧观念和传统机制，鼓励中青年骨干教师勇担重任，多做贡献。这一系列措施，使青年教师在教书育人、科研能力等方面有了快速的提高，一批优秀中青年教师相继走上各级领导岗位，成为学校的中坚力量。现任校长朱瑞庭博士，就是 2003 年初学校引进的重点人才，引进当年就担任了商贸系主持工作的副主任。

2008 年初，沈老师因右腿膝关节摔伤，行走不便，对工作有一定影响，辞职离开了建桥。至今，她谈到建桥，仍是满满的自豪感："在建桥工作期间，我见证了一个充满活力的新建民办高校的发展历程，建桥的精简高效、发展速度之快及短短几年所取得的丰硕成果，是公办高校做不到的！我很荣幸，我是建桥人！"

（何羽　整理）

一切为了提高教学质量

——记教务处原处长朱海麟

“我从事教育工作 50 年，服务过三个单位，建桥学院是其中之一，也是我工作最开心的单位，”谈到在建桥 10 年的感受，原教务处处长朱海麟脸上露出了由衷的微笑，他乐呵呵地说，“建桥有一个好的领导班子。虽然在建桥工作时压力蛮大，但在领导们的支持下，我在建桥也做成了在一般公办学校和其他民办学校可能做不到的事。”

一

2000 年 4 月，应黄清云校长邀请，朱海麟来建桥担任教务处处长。为此，他放弃了退休后已创办教育培训机构获利丰厚的机会，在夫人的支持下，来到初创的建桥。“来建桥不是为了钱，我喜欢教学管理工作。因为我在 1982 年曾参加上海师范大学校长培训班脱产学习一学期，并于 20 世纪 90 年代初参加上海师范大学在职人员教育管理硕士班学习，由此，我对教学管理感兴趣。”

朱海麟认为，与公办重点大学、名牌大学的学生相比，建桥学生在学业上相对落后，原因无非是学习基础、学习习惯、学习方法、自控能力等方面存在一些问题或不足，但他们不笨，可塑性强，对管理这些学生他有自己的思路与想法。

对建桥学生的特点，朱海麟一开始就给予了高度的重视。因材施策，是他思考、设计、制定一系列管理制度的出发点。他往往是发现一个实际问题，就想出一个办法来应对解决，在试行中有效的，就形成制度。同时他也这样要求，教务处对教学管理工作必须从学生、学校、实际出发制定规章制度，办不到或办不好的制度决不制定，一旦形成共识的制度，必须严格执行，确保教学质量严密可控且稳步提升。

首届新生录取后，朱海麟发现新生最薄弱的基础课是数学与英语。怎么办？免费补课。朱海麟一提出这个思路，就得到了校领导与财务总监的大力支持。于是，学校在基础设施还未完全搞好的情况下，在徐家汇等市区租设了三个教学点，聘请师资，开学前免费为新生补课。第二年，学生提前报到，就在校组织免费补课。2002 年，首次招收外地学生时，因有的外地学生没有学过计算机，学校组织了免费补计算机相关课程，直到学生跟上为止。2006 年，学校也为专升本新生中计算机基础较差的学生补课……后来，生源质量提升了，这个免费补课政策才停了。

为了及时比对学生入学前后的成绩变化，客观评价任课教师，朱海麟要求教研室负责人统一命题出卷、阅卷。至于命题费、阅卷费、

人物简历

朱海麟，男，1939 年 6 月生，浙江吴兴人。1961 年 7 月毕业于上海师范学院化学系。1961 年 7 月分配到川沙县陆行中学任化学教师，同年 11 月调入川沙县教师进修学校（后为浦东新区教师进修学校）任化学教研员，直至副校长等职务。1994 年 11 月调任上海电视大学浦东分校副校长。1981 年被评为上海市先进教师，1985 年当选为上海市中学化学教学研究会第一届理事，1987 年被评为中学高级教师。1989 年，曾被市教育局兼职聘任，负责上海市中学化学教师职务培训课程的设计、组织教材编写及审稿工作。退休后，2000 年 4 月至 2011 年 1 月至上海建桥学院任教务处处长、督导室等工作。曾获得上海市教学成果二等奖。

奖教金等计划外经费支出，只要朱海麟陈明事由，一打招呼，校领导都是支持的。朱海麟高兴地说："像这种事，其他民办学校不肯做，公办学校可能不能做，我们建桥为了提高教学质量，就可以做到！"

教务处还将一系列管理制度汇编成《学生手册》，开学时组织学生逐条学习，再让学生带回家，请家长阅读签字后交辅导员保存。

学校建立了教务处及系秘书教学巡视制度，每天两次，一周汇总一次，将情况发校、系领导引起关注，发现特殊情况即告知有关人员，要求当即处理。一、二年级实行集中夜自修制度，校领导、教务处和学生处负责人分别轮流住校，进行夜自修情况巡视并记录与分析，发现不良情况及时提出加强管理的措施与意见。有几次，朱海麟白天在校区巡视时，发现有学生瞌睡懵懂地来上课，感觉情况不对劲，于是记在心上。待到他留校值班的周三，晚自修后，他召集相关辅导员，一起坐上值班校车，到学校附近的网吧"搜查"，果然"捉"回了不少学生。原来，当时学校还在搞基建，没有辅导员"出门条"的学生，晚自修后是从基建工地的豁口处溜出去的……这样严查了几次，这个漏洞就堵上了。

教务处还执行严格的考试制度。一个考场设两个监考，提倡"一前一后，一站一坐"。一旦发现学生作弊，立即取消其考试资格并及时公布名单，给予处分。考场外加强巡考。主考、副主考必须巡视关心学生考试及监考情况，对监考看报、看资料、接电话、发短信，一旦发现，立即制止，并在下次考务成员会议上加以提醒，以此逐步形成良好的考试环境。朱海麟还在历来考风优良的班级试点开设无人监考的诚信考场，以培养学生的诚信品格。

经过这样的"严防死守"，学生逐步养成了良好的学习态度与习惯，成绩提高很快，在教育部组织的全国英语三级统考及英语四级考试，市里组织的计算机统考、新升本院校高等数学统考等历次考试中，合格率在同类学校中名列前茅，得到了市里的表扬！

在上海市及全国技能竞赛设计竞赛等方面，建桥学生还取得优异成绩，如在微软办公软件应用国际大赛中国赛区获得十一个单项冠军，并七次代表中国队赴美参加国际大赛。

二

创校初期，朱海麟与教务处的同事们秉持“管理、监督、协调、服务”工作理念，齐心协作，分工明确，各人管好一块工作，劲往一处使，在教学质量保障体系的建设与探索中付出了极大的努力，为学校升本打下了扎实的基础——

生源确定后，师资是关键，要向教学管理要质量，首先第一步是选好教师。当时，人事处与教务处有个不成文的分工：专职教师由人事处负责聘请与考核，系里负责聘请专业课教师，基础课教师的聘请、考核等一系列工作以教务处为主管理。明确聘任要求后，学校发动专兼职教师充分利用人脉，尽力在上海著名高校聘任优秀教师到校兼课，并通过老师与学生双向适应，经过几年的努力，建立起一支数量足够、结构合理、质量较高的兼职教师队伍。

朱海麟与教师们交流经常说：“教好学生容易，教‘好’学生难，因为要根据对象的不同即时调整教学的方式方法。”建校初期，考虑到大批教师来自不同类型的学校，原教学对象的层次不同，怎样根据教师、学生及建桥办学定位搞好教学工作，教务处分别组织基础课教学工作研讨会，确定怎样根据专业要求及学生实际确定教学目标、教学方法、作业处理等问题，广泛听取大家意见，统一要求。要求教师根据建桥学生实际，改变教学方法，提倡教师主动适应学生，从学生实际出发备课与授课，反对“教案搬场”。

建立教师授课考核制度。逐步建立校系领导、专家、同行、学生、辅导员、教务处“六位一体”的考评制度。期中及期末各考评一次并打分。其考评情况在教师大会上宣讲，并对以后的教学工作提出要求。

组织公开教学、教案评比。加强考试命题、阅卷、分析管理工作。公共课程由教研室主任或年级负责人命题，统一考试及阅卷，及时做好试卷分析，提出下阶段改进教学意见及措施。对缩小命题范围，专门组织考前有针对性复习的教师，在教师大会上予以提醒。发现所教学生手头复习题与考试题十分接近或基本一致的教师提出批评，希望改进。

建立辅导答疑制度。逐步将教师对学生辅导纳入教师的工作职责。公共课程在规定时间，教师轮流值班负责答疑或在夜自修时下班级辅导，专业课由教师负责安排时间答疑，教务处将辅导时间公布在网上，由学生自己选择有关教师辅导。

强调加强集体备课。期初、期中都组织教研活动，进行备课探讨。在教研活动时，教务处成员分别到有关教研室参加活动、了解情况，回来后交流、汇总活动情况，研究相关问题或要求的处理方式，尽量为教学第一线搞好服务。加强任课教师与学生的沟通，鼓励教师召开学生座谈会，了解学生的学习状况感受、困难要求等并及时指导。

建立辅导员与教师的联系制度。定期对学生的学习情况、学习态度、学习方法等问题进行综合分析，并对学生下阶段的学习提出建议。

建立兼职教师奖教金制度。学生在网上评教作为评奖的主要依据之一，同时参考“六位一体”听课成员的评价意见。

教务处不定期组织力量抽查学生的作业情况，把握学生学习的整体情况，这也是对教师布置及批改作业情况的监控，对认真批改作业的教师予以表扬。

建立兼职教师暑期旅游制度。由学校出经费，通过旅游活动，创造教师与教师、教师与教务处的沟通，联络感情，听取兼职教师的意见与建议，吸取其他高校教学管理的经验，同时及时将学校新学年教学管理的要求与兼职教师沟通，争取做到事业留人、感情留人、待遇留人、服务留人。曾有一次在旅游活动中，有位兼职教师对朱海麟说：“建桥管理严，校风正，教学环境好，虽然要求高，但在这里当老师心情舒畅，很有成就感！”

三

如果说，管学生最累，那么，最难的事就是教师流动与留级生处理问题。

朱海麟印象最深的是辞退三位兼职教师。一位是基础课教研室主任，这位老师知识水平够，教学能力强，但可能是外面事务太忙了，没有认真针对建桥学生的特点备课，学生不满意。第二位是艺术系的某基础课兼职教师，学生反映有问题后，朱海麟与分管教学的郑朝科副校长共同研究后一起到现场听课，发现该教师教学方法确实欠妥，经指出后虽有改进，但事隔不久，又出现了老问题，师生矛盾更加突出。第三位是“双师型”教师——某企业的工程师，这位工程师主讲的课程考试结束后，教务处人员发现学生的复习资料与试卷相关性太强，就向朱海麟反映了这个情况。

朱海麟说：“辞退教师太难了。这些教师都是校内同事邀请、介绍来的，情面上过不去。但是，为了学生，为了提高教学质量，再难的事，咬咬牙也得挺过去。”为此，朱海麟总是细致耐心地与介绍人、与系里沟通，争取形成共识；也根据实际情况采取不同的对策，或与教师本人当面商榷交流，客观中肯地指出问题所在，或在谈话中不失时机地提出两全其美的建议，让对方心悦诚服地接受，最后都很圆满地得以解决。“严格按照教学质量要求流动教师，这在一般公办学校都是难以办到的，这也是我们民办高校的机制优势。”

还有一类难事就是留级生的处理问题。《学生手册》规定，学生三门不及格的要留级。2002 年秋季入学经补考后三门功课不及格的，全校共有 14 名学生留级。消息公布的两周时间里，朱海麟几乎每天都在接待来访家长：有全家六口出动上门、下跪求情的，有送卡送礼的，有的家长还表示愿出 5 万元赞助费的，形形色色的都有，但都被朱海麟一一挡回了。

最为难的一次，朱海麟还接待了两位领导干部，他们陪同一位学生家长也来说情。足足谈了两个小时，任凭朱海麟怎么解释、坚持，对方就是不想让孩子留级。实在没办法了，朱海麟只好直言反问：“你们当领导的最怕什么？”两位领导面面相觑，一时答不上话来。朱海麟说：“这 14 个学生留级符合学校规定，这也是我们行政会议的集体决定，一个都不能例外。如果你的孩子不留级，另外 13 个学生闹起来，到市政府上访，你们不害怕吗？”话说到这份儿上，对方才松口，同意孩子留级……

朱海麟老师从教 50 年，特别是在建桥学院初创阶段，他理顺教学秩序，制定各项教学规范，使工作从无到有快速走上正轨。他以学生为本，重视师资队伍建设，遵循教学规律，视教学质量为生命，坚持原则，踏实工作，为学校以后的发展壮大打下了坚实的基础。他是大家公认的师长。

（何羽　整理）

第二编

春风化雨育桃李

王晨岑：十年坚守学工一线

有着一张甜美娃娃脸的王晨岑，常被学生亲切地称为“CC 姐”。稚气未脱的外表下，她却有着极为冷静沉着的处事态度与成熟稳重的职业形象。2016 年，在踏入职场的第六年，她一路过关斩将，通过面试，成为上海建桥学院二级学院时任最年轻的党总支副书记，分管商学院 30 余名辅导员、5600 余名学生的工作。

不让一个学生掉队

2010 年，王晨岑从建桥“学姐”转身一变，留校做了一名辅导员，这场身份蜕变的开始，对她而言，既有实现人生职业理想的意外之喜，更有初入职场不够自信亦不甘落后的困惑与压力。

她所带的第一届学生包括旅游管理专业 2 个本科班、2 个专科班。期待将自己所带班级变得很优秀的王晨岑，却发现做好辅导员工作并不容易。那些经验丰富的老辅导员处理起来游刃有余的问题，可能正是令她感觉“崩溃”的事。比如，有的学生受到批评时甩门就走，有的学生赖床旷课需要她去宿舍充当“人工闹钟”……

年轻，或许意味着缺乏经验，但王晨岑也寻找着年轻的优势，摸索着属于自己的一套带班风格，做到“不让一个学生掉队，让更多学生出彩”。

人物简历

王晨岑，女，曾任商学院党总支副书记，现为信息技术学院党委书记。1988 年 7 月出生，上海市人。讲师，中共党员。曾获上海市育才奖、上海市民办高校优秀辅导员、上海建桥学院清云奖、上海建桥学院“我心中的好老师”、上海建桥学院“三八红旗手”等荣誉。

年轻的好处，就是与学生年龄相近，沟通起来隔阂少。一次，王晨岑注意到班级中一个男生性格转变，十分敏感，说话经常咄咄逼人，且无法集中精神听课。王晨岑试着与这个平日看似“玩世不恭”的男生深入交流，男生终于敞开心扉，落泪说出家中发生的巨大变故。巨大变故使原本贫困的家庭雪上加霜，更给他带来了很大的心理负担。那次交谈之后，男生就称她“陈姐”，像个“小尾巴”似的跟着她。王晨岑积极为他推荐校内的勤工俭学岗位，为他申请助学金，帮助他解决了面临的窘境。随着生活境况的好转，这个男生的学习也进步了。

“再难管的学生，跟他的灵魂深度触碰后，他就会与你交心，完全信任你，希望得到你的肯定。”在王晨岑的眼中，不存在无可救药的学生。因此，面对叛逆的、不屑的、极端的学生，她都不会放任自流。她会花很多时间与精力，心平气和地与学生对话交流，用心感召学生。这种习惯，在她任职副书记全面分管学院学生工作后也延续着，她坚持每周至少两次深入班级、深入宿舍与学生谈心。

“好沟通”不代表“好说话”，坚持底线与原则是前提。在学生面前第一次亮相时，王晨岑身着职业装，在班会上向学生说清楚入学后不能触碰的底线与需要遵守的原则。此后，严格按照学校的管理规定执行。学生都知道，工作之余，王晨岑是那个可以一起分享美食、会尽最大努力帮助学生解决困难的温柔、好脾气的“CC姐”；然而一旦学生做了类似作弊等违反校纪校规的事，她就是严格按照规定处置，绝不讲人情、会生气、零容忍的王老师。有作弊学生觉得自己是“一念之差”，曾想通过认错，力争挽回处分决定。“你会替学生感到惋惜，因为处分可能会影响他未来的职业生涯。但是，决不能因心软而偏袒学生，这是‘诚信’问题。”王晨岑不会因此事讨厌学生，她的坚持只是想掐掉学生“侥幸心理”的萌芽。

见识过王晨岑最严厉那一面的“后进生”们，在毕业数年后心中留下的不是恨意，而是经常联络的深厚感情。

见识过王晨岑最温柔那一面的贫困生们，在和她一起吃饭、聊天、看书的过程中，慢慢打破了自卑内向的隔离屏障，变得自强自立，更愿意向外界展现自我。

2014年，带完第一届学生的王晨岑，被大家推选为上海建桥学院“我心中的好老师”，也获评上海市民办高校优秀辅导员。2016年，她又获评上海市育才奖。

让更多学生出彩

年轻的好处，也是精力充沛，能常伴学生左右。作为学院的支部书记、分团委书记，每学期，王晨岑负责的分团委举办活动就有50余项，参与学生多达6000余人次，投入精力很大，她却觉得：“跟学生近距离接触的时候，是最开心的。”

为了将学生管理与服务工作做好，她与团队分析学生特点，以项目化的方式，打造了一系列品牌活动。像针对新生适应性问题的“新生引航计划”，通过“三位一体”、家校联动、“阅读计划”等10余项活动，帮助新生更快更好地适应大学生活；针对创新创业的“科创月”系列活动，“学院搭台，教师导演，学生表演”，20多个项目，学生参与度很高，活动影响也很好，由她指导的学生团队曾获得第四届中国“互联网+”大学生创新创业大赛上海赛区铜奖、上海市“挑战杯”创新创业竞赛的一银二铜；针对学风提升的“学风建设计划”，她带领团队研究、制定分年级早晚自习内容，重点做好英语提升计划，成效明显；她还打造“品读经典，书香商院”读书系列活动，学院年人均借书10册，居全校第一……在她的指导下，商学院获得了2014年“上海市优秀分团委”、2015年度“上海市五四特色团委”、2016年“全国活力团支部”等荣誉。“与学生在一起，耳濡目染学生喜欢的、爱玩的，感觉自己也充满年轻活力。看到学生获奖，自己也会有成就感。”

王晨岑说，有时候，学生也是老师的“老师”。“如果我们培养的学生，只剩专业能力，只想着赚钱，在社会、国家需要的时候，没有人‘站出来’，我们的教育就失败了。但是，商学院的学生们一次次用责任心、感恩心带给我很多感动。”她常常感动于学生们主动报名参加志愿者服务，感动于学生连续多日全情投入大型赛事的保障工作直至凌晨也毫无抱怨，感动于新冠疫情期间100余名学生默默参与全国各地疫情防控工作……王晨岑也始终在一线，身体力行，为更多学生做好榜样，将“正能量”带给更多学生：春节期间，王晨岑曾放弃与家人团聚，带领学生志愿者，在上海科技馆引导游客，为游客讲解；国庆节期间，她与学生志愿者一起，为滴水湖游客服务。

商学院学生数量多，个人情况和需求又各不相同，很难做到一对一帮扶。要做好学生工作，培养好学生干部，发挥朋辈榜样作用相当重要。王晨岑与团队每学期让班干部、团学干部接受学院系统的学生干部培训，遴选80余名优秀学生组成宣讲团，在新生中开展“朋辈榜样”的经验分享。

学生尚紫薇，虽然能力很强，但是内向的她在担任学生会主席时自信不足，王晨岑就找她谈心，并且经常陪她一起开展工作。尚紫薇在王晨岑的指导下不仅圆满完成了任期的所有工作，而且性格也变得更加细心周到、成熟稳重、顾全大局。经过这番历练后，如今已在银行从事人事工作的尚紫薇，与600多名同事打交道也得心应手。

让人安心的“后盾”

辅导员工作是“上面千条线，下面一根针”，工作10年，王晨岑的手机24小时×365天候机，她说：“下班时间，学生突然有急事找你，你不可能不理他。”

自从2016年担任学院党总支副书记，带领近30名辅导员开展学生工作后，王晨岑更忙了，平均每天要接收、查看近60个来自不同工作群的对话框。即便如此，“她也是效率高、有条理，抗压能力特别强。突发危机时，从没见她慌乱过，工作中时刻显得从容”，辅导员马秀娟这样评价王晨岑这位年轻的领导，辅导员工作中无法解决的“疑难杂症”大多都能被她一一化解。

其实，不是王晨岑从来不慌乱，而是她要选择“强大”。王晨岑说，自己最担心的是晚上8点后接到电话，往往是重大突发事件，“有学生都‘悬’在身上的那种感觉”。她经常半夜驱车一个多小时赶到学校，现场处置，协调问题。“每个辅导员分管近200个学生,发生突发事件在所难免,有些年轻、新上岗的辅导员在遇到这些棘手问题的时候,一定希望得到领导、同事坚强有力的帮助与支持。这时候，如果我自己情绪波动，那就无法很好地帮助他们。岗位需要，职责所在，我不得不让自己强大起来！”

辅导员这个角色，除了责任心与耐心，“专业”二字也很重要。建设好辅导员队伍，才能构筑好学生工作的基石。学生工作与教学工作不是“两张皮”，而是“双面胶”。不了解学生的学业情况，不与任课老师密切沟通，就很难抓好学风，更难帮助学生。王晨岑要求辅导员们在工作中密切联系“两个课堂”，形成“三位一体”合力育人模式。

为了促进辅导员专业化发展，在王晨岑的倡议下，商学院形成了每学年三个“月”的学工品牌项目，即“读书月”“案例月”和“科研月”，以此为辅导员团队构建向职业化、专业化方向发展的平台。她坚持每周一次“今日我主持”例会制度，形成了案例讨论、“会诊式”的例会模式。在她的带领下，学院辅导员团队成为全校专业素质最过硬的团队。此外，她还带领团队成立党建、团学、心理、就业等六大品牌工作室，让每个辅导员根据专业背景、兴趣，分管一个自己擅长的工作室，进一步为辅导员提升职业化水平，为学生提供精细化服务。近两年时间里，她所带领的学工团队获校“三八红旗集体”，6 人获评校级“优秀辅导员”。

铸就职业生涯中的“仰望点”

要成为学生尊崇、同事信服的“仰望点”，就要不断追随高远的理想，勇于攀登，拾级而上。2016 年，工作近 6 年的王晨岑获得作为访问学者赴美国加州州立大学教育学专业学习半年的机会。非常恋家的她经过权衡，认为这是能让自己集中学习、积淀提升的好机会，便欣然前往。她以学生身份重返课堂，该校针对大一新生专门开设的 First Year Experience（新生学习的课程）给她留下深刻印象。对于从原来的“学生管理”如何向“学生服务”理念的转变，她有了更多的思考。

学生就业问题，是辅导员最为关心的问题之一。虽说王晨岑当年做毕业班辅导员的时候，所带班级的学生就业签约率近 100%，但近年来，在联系走访用人单位推荐学生实习就业时得到的大量反馈，让她深知帮助学生树立正确就业观和择业观的重要性。能不能提前为学生提供职业规划建议？“不是强制灌输学生就业理念，而是让学生在选择相关就业指导服务时，更好地发现自己。”

于是，王晨岑走上讲台，面向大二学生开设大学生职业发展与就业指导课。有的学生在未上课时，难免会产生“开得太早”的质疑，不过一上课他们很快就发现，“一点都不早，因为这样才有 1—2 年时间准备未来的职业规划”。

怎么让学生自发形成对职业的初步概念？王晨岑为 2018 级学生上职业规划课的时候，先向 2015 级的毕业生要到一些简历，隐去姓名等信息后，将简历分享给上课的同学。看到这些简历，2018 级的学生就会联系实际情况，思考自己两年后毕业能否达到相应的水平，他们还会积极主动地向王晨岑咨询很多相关问题。

为了更好地指导、帮助学生，王晨岑除了考取全球职业规划师（GCDF）和北森生涯规划师资格认证等相关职业发展类证书外，还与同事们成立了校级“职业规划与就业指导”工作坊，开展了职业生涯规划、就业指导、面试指导服务，组织了简历大赛、职业生涯规划大赛等活动，启发学生挖掘专业兴趣，提高职业能力。经工作坊指导，2019年12月，商学院会计学专业的大三学生陈雯就在“玩转职场人生”上海市大学生模拟求职大赛中一举夺魁，获得大赛一等奖和最佳人气奖，同时还获得了中国平安等4家知名企业的免面试offer，可直接入司实习。

在其他方面，王晨岑也不断加强自己的专业能力建设。她坚持学中干，干中学，学中思，先后公开发表党建和思想政治教育相关论文8篇。在2018年全国民办学校党建工作推进会学术论文征文中，她撰写的《新形势下民办高校学生党建工作的若干特点和思考》一文获二等奖。她主持和参与上海市德育课题、上海民办高校党建与思政工作研究等6个项目，参与编写《融入新时代，开启新生活》等教材。“在工作中，我还需要更多渠道和空间，不断沉淀、学习、思考，应对变化中的学生工作。”

（奚丽君）

刘立华：不唯书，不唯上，只唯实

“以后啊不管做什么，都要认认真真的。”如今工作了七八年的刘立华，依旧记得本科导师的教诲。

“我本科时很爱玩，爱踢球，没怎么好好写论文，导师也没怎么批评我，反而耐心教导。虽然是很简单的一句话，却给我留下了很深的印象，到现在也没忘。”刘立华说道，“所以，有时我在想，是学生真的不愿意去学，还是老师们教的方式方法不到位，没能真正激发他们的兴趣？”

教书，循循善诱

2013 年，刘立华博士研究生毕业后，当教师其实并不是他的首选。后来，因为要兼顾家庭，他就来到了建桥学院机电学院。

教师这个职业在刘立华看来就是“传道、授业、解惑”。简简单单的六个字，说起来容易做起来难。

“我既然选择了教师这个职业，就要对我的学生负责，我希望让学生获得更多知识和技能。凡事对学生多一些利益，我就多做一些。”

上课是一个教师最基本的功课，可怎么把课上好，需要教师长时间地去探索。

人物简历

刘立华，男，2006年6月毕业于山东大学材料科学与工程系，2009年6月硕士研究生毕业于上海大学材料加工系，2013年6月上海大学钢铁冶金专业研究生毕业，获博士学位。2013年7月进入建桥学院机电学院机械工程系工作，讲师，系主任，课程委员会委员。2021年3月，建桥学院成立创新创业学院，刘立华担任院长。先后获得上海市育才奖、上海市教委“上图杯”先进成图技术大赛优秀指导教师、上海建桥学院就业工作优秀团队等荣誉。

“备课做PPT是必备的，同时我会用自己的语言，生动形象地描述生活中的实例，以问答的形式引导同学，帮助同学理解。让同学跟着教学思路走，帮助他们抓住本源的东西。当学生觉得通过课堂的学习，自己也能把练习题做得很好的时候，学生还是很开心的，就有了信任感，愿意跟着老师学。”

在听了刘立华的课后，机电学院党委书记吴国政评价道，“风趣易懂，循循善诱”。在严肃的课堂上，刘老师也会时常和同学们开玩笑，来调节课堂气氛。

“我喜欢跟学生开玩笑，因为现在的学生喜欢轻松的氛围，学生会因为喜欢一个老师而喜欢一门课程。玩笑能把学生的注意力拉过来，让他们跟着教学思路走。处世树为模，本固任从枝叶动。课堂上要抓住核心的东西，形式可以自由多样，开玩笑、讲故事，运用肢体语言，目的都是为了抓住学生注意力。”

“除了传授知识外，教师是一个传导价值观的职业，通过教学来育人。传道、授业、解惑，传道是摆在第一位的。教师要能够输出正确的、积极的价值观，让学生理解、接受，就会终生受益。”

刘立华经常利用晚上休息的时间与学生谈心，帮助学生解决学业、思想、生活、就业，甚至情感问题。他一直坚持担任新生班的班导师，以便能够更早了解学生，帮助学生适应大学生活，树立正确的人生目标，建立专业发展路径。

干事，踏实灵活

刘立华业余时间喜欢踢球，来到建桥后，他依然喜欢这项运动。虽然身材有些走样，但在宽广的绿茵场，他左闪右躲，带球灵活，一如少年模样。

由于进校后的表现突出，刘立华老师随即被聘任为机电学院机械工程系主任。在完成教学任务外，他还得负责系务，不断优化对教师的评价方式，以便充分调动系里教师的积极性。

“年轻就是资本，就是力量。作为年轻教师，精力旺、体力好，可以承担更多的工作，以便更快地成长。”

在科研方面，他主持多项校级项目，例如“多辊硅钢实验轧机机械结构研制”“奥贝球铁耐磨球制备工艺研究”……并且将科研成果与实际应用结合。2015 年他还被安徽耐磨材料厂聘为技术顾问。他主持的横向科研项目“教学用 Delta 型 3D 打印机设计制造及技术支持”为上海伊沃信息有限公司提供 3D 打印机制造技术，为上海工程技术管理学校提供技术培训、技术指导及应用开发服务，20 余名本科生参与助教、助研，核心能力得到显著提高。

“教学与科研就像人的左膀右臂一样，不可或缺。现在的学生运用网络的能力比较强，所以对于教师来说，必须不断地去钻研，才可以去解答学生的疑问。另外，教学是一个持续改进、不断完善的过程，必然会出现新形势、新变化，学习就显得特别重要。你的科研能力上去了，教学能力自然就强了。”

球是圆的，人是活的。机电学院院长陈志澜评价刘立华“肯做事，肯动脑筋做事”。

在主持学校转型发展课题子项目“机电学院创新创业教育实践研究”中，他建立了以学生社团 — 创新工作室— 创业公司为核心的双创教育实践体系，将创新创业教育融入专业教育。

刘立华组建 3D 打印工作室，并成立 3D 打印社，将其作为创新创业实践基地。工作室 24 小时开放，免费为师生提供 3D 打印服务及创新实践服务。不同专业的同学都可以进来使用各类设备，由学生自行管理，刘立华只给方向性意见，负责实验室基本耗材经费的支出。

做人，开拓创新

竞赛是创新创业的重要内容，通过竞赛，学生可以得到充分的锻炼，有效提高实践能力，提升整体的综合素养。在准备比赛期间，刘立华时常下班回家后，安顿好家里的事情即刻回到学校，和同学们一起熬夜，一起备战。

张铭浩同学表示：“比赛前，当我们很困的时候，看到老师还在战斗，就没有理由不坚持下去。”

通过一些竞赛的磨炼后，当学生有了一定设备研发、自动化控制的本领时，刘立华会给学生安排横向项目里的任务，带他们出去和企业、社会接触。最终，有合适的商业模式，他会鼓励学生去创业，去申请公司。

“给学生描绘一个未来，提供一个舞台，少一些管制，多一些帮助，学生的潜力和动力都会被调动起来。即使这样的创业没有成功，创新的探索精神、创业的吃苦勤俭精神都会融入他们的血液，他们的综合素养也会得到很大提高。”

机电学院 2016 级机械制造学生叶添添毕业后，选择了创业，成立了“DIF ”机器人学习中心，以“匠心教育，智梦未来”为核心价值，为临港青少年提供专业化科技教育服务。

叶添添从最初加入3D社到成为社长，从参加科创竞赛到后来的创业，他都十分感激刘老师的指导和帮助。

“刘老师对学生十分热心，为了开阔我们的视野，曾在双休日自己开车带领我们到崇明，免费为当地中小学及社区科创中心培训推广3D技术。”叶添添说道。

“学生跟着我，看如何和社会上的人谈项目、如何做宣传、如何争取利益，学习如何更好地体现工程师素养，以便提供更专业的服务，其实这也是创新创业教育的一个环节。我也会从横向经费中给学生发补助，让他们学到东西的同时有合理的劳动收入，也能吸引更多的学生进入实验室，为他们的未来做好准备。”刘立华说道。

校3D打印社在服务学生的同时，也为建桥的一些教师子女开设基于3D打印的创新免费课程。同时，打印社弘扬雷锋精神，服务范围也覆盖临港周边的一些学校，例如上海中学东校、明珠小学等。

“不唯书，不唯上，只唯实。”踏实奋进的刘立华一直在路上，为建桥默默贡献他的智慧与力量。2021年3月，建桥学院创新创业学院正式揭牌，刘立华担任院长。他将统筹全校创新创业资源，为学生搭建一个有效平台，通过竞赛、创业、实习等途径，不断提升学生的核心竞争力，不断提升学生的创新创业水平。

（施　楠）

宋艳华：**我感谢我的学生**

宋艳华的建桥校龄已有 18 年。谈起学生来，她十分感慨，“我刚进建桥的时候，学生是 80 后。前两年，00 后的大学生又进入校园了，这场景就像‘铁打的营盘流水的兵’。老师的年龄在不断增长，学生永远 18—22 岁。我们做老师的，应该以什么样的姿态面对学生呢？……我感谢我的学生！”宋艳华坦言：“我骨子里不是一个外向的人，但是，做了老师之后，当我在讲台上侃侃而谈，学生认真专注的眼神给了我无比的自信。教学相长，师生相长，自己在不断进步，能够给学生的精神成长带来些许帮助，我感觉做思政课教师是很有价值的。”“名义上我们是老师，我们这个讲台的确要比下面学生的座位高一些，但是，我们做老师的，千万不要有高高在上的心态，俯视学生，居高临下地对学生进行灌输，这样的话会阻碍我们的进步。”

宋艳华对待学生一片诚挚之心，得益于她的老师们的言传身教。在她就读的河北师范大学、华东师范大学，给她留下最深刻印象的老师有着共同的特质：与学生平等相处且诲人不倦。这些老师的言行潜移默化地影响着她，她决心做一个好老师，让学生“亲其师，信其道”。所以，宋艳华一直非常重视调动学生的积极性和主动性。她认为，这个课堂应该是师生共同的课堂，充满活力的课堂。

大家对宋艳华的教学特点经常用一个字概括，“活”！领导、专家同行们这样评价她：“上课时，既有鲜明的观点，也有真实的情感；既有理论上的探讨思索，也有对现

人物简历

宋艳华，女，中共党员，法学博士，副教授。2003年1月至今，历任上海建桥学院基础部政治教研室副主任、思政部主任、通识教育学院院长兼党总支书记，现任马克思主义学院院长兼党总支书记。上海市思想政治理论课教学指导委员会委员，上海市马克思主义理论学科拔尖人才，上海民办高校思政课名师工作室主持人，上海建桥学院妇委会副主任。主要承担马克思主义基本原理概论、毛泽东思想和中国特色社会主义理论体系概论、思想道德修养与法律基础等课程的教学工作。研究方向：马克思主义基本原理与马克思主义中国化。先后在《云南社会科学》《前沿》《理论导刊》等刊物上发表论文十余篇。主持本校与上海市课题（项目）10余项。先后获得本校教学优秀奖一等奖、上海市育才奖、上海市民办高校思想政治理论课教学竞赛三等奖、上海市优秀青年教师、校优秀共产党员、上海建桥学院教学成果奖特等奖、上海市教学成果一等奖，校三八红旗手、上海市三八红旗手、上海市教育系统巾帼建功标兵等奖项和荣誉。

实生活的密切关注；既不回避一些可能引发某种争议的热点问题，又能努力运用辩证唯物主义的观点对听课者做积极的、正确的引导。她的课较好地体现了知识性与思想性的有机结合，取得了普遍受学生欢迎的教学效果。”学生们这样评价：“宋老师是我在建桥遇到的少有的、靠个人文化修养和广博的知识面教导我们的好老师。”“宋老师逻辑能力强，尊重学生，能引起学生思考，并纠正学生的偏激思想。”

宋艳华认为，当代大学生思维异常活跃，表达自我的意愿异常强烈，非常关注自己与他人、社会、世界的关系，所以在课堂上要给学生们一个表达的渠道、一个表现自我的机会。因此，她紧紧围绕学生的接受特点、心理需求来设计教学。在毛泽东思想和中国特色社会主义理论体系概论课的教学中，宋艳华积极应用对话教学模式，用五分钟时事报告、优秀社会实践报告展示、主题演讲、“我做小老师”等多种方式，来调动学生学习的积极性和主动性。

如，我做小老师：挑选一部分教学内容，先由教师在业余时间指导，再由学生走上讲台为大家讲解，最后由教师总结。她设置了诸如“为什么国家非常重视解决三农问题、如何解决三农问题”“为什么要构建资源节约型、环境友好型社会”“上海60岁以上老人生活状况怎么样”等专题，让学生在课后查阅资料，制作PPT，然后在课堂上进行展示。如，五分钟演讲：教师在每次课前五分钟，邀请一位学生到讲台上就当前国内外大事或者自己最关心的问题进行演讲。

宋艳华还经常设置一些现实中的热点话题让学生进行讨论。如，前些年，就中国人喜欢到日本去买电饭煲、马桶盖的情况，她让学生来谈谈对这一新闻的看法。那时候，供给侧改革还没有正式提出，但是，有的学生已经通过这些事例表达出了类似的观点：我国的生产厂家应当提高产品质量，让中国消费者对我们自己的产品有信心……事实证明，只要给予平台与机会，学生就会发光发热。学生在讨论过程中表现出来的分析问题和解决问题的能力，以及出色的语言表达能力，让人惊喜！

在充满活力的课堂上，宋艳华让学生充分发表自己的看法，之后她都及时给予了点评、引导。

有一次，有个学生在“五分钟时事”演讲上，所引用的资料大多是在网络上“翻墙”看到的不实信息，据此，他表达了对中国未来的悲观态度。宋艳华并没有立即打断这个学生的发言，而是耐心听他讲完，然后进行正面引导。回应之后，宋艳华知道这个学生可能不会全部接受，于是就在课后写了长篇的邮件再与学生交流。她首先肯定了这个学生关心国家前途命运的“忧国忧民”的情怀，肯定了他对这些问题的独到分析，她深入诠释了我国的国情，以我国当前经济快速发展、社会长期稳定的事实，有力驳斥了网上的不实言论，帮助学生客观、全面、理性地分析问题，最后还给出了“大庭广众之下发言应三思”的建议。这封邮件让学生体会到了宋老师的良苦用心，也帮助学生建立了积极、客观、辩证的思维方式。

在课下，宋艳华经常用邮件的方式给学生答疑解惑。她说，对这群可爱的孩子，我们一定要保护他们身上的闪光点，但是又不能让他们在偏激的路上越走越远。大学是人生中最重要的阶段，大多数学生十分迷茫、彷徨，不知道未来往哪个方向发展。作为思政课老师，一方面是向他们传播知识；另一方面，也是最重要的，还是帮助这些学生扣好人生的第一粒扣子，树立“四个自信”。宋艳华一再强调，当代大学生要有大格局、大视野，不能只关注自己的小确幸，要积极主动地融入民族复兴的时代大潮中，勇做弄潮儿。

宋艳华还在学校举办的“女教师与女大学生结对子”活动中，无私帮助贫困学生。曾有一名来自贵州的贫困女生，第一次见面时，说话低着头，连眼睛都不敢与老师对视。宋艳华敏感地觉察到这位女生内心的自卑。于是，谈话中，她对这位女生不断鼓励，充分肯定了她身上坚韧、吃苦耐劳的品质，再教她一些人际交往方面的经验，帮助她打开视野、适应社会。渐渐地，这个女生变得开朗、自信，敢于表现自己。临近毕业，宋艳华还送上一个“666”元的红包，学生不肯收，宋艳华就换个方式劝说：“这是老师祝你就业顺利的意思，讨个好口彩，你一定要收。”学生明白了宋艳华的用心与友善，就收下了。现在这个学生已在一家生态农业公司就职，因疫情期间表现出色被委以重任。

由于业务精湛、能力突出，宋艳华获得了上海市马克思主义理论教学研究“中青年拔尖人才”称号，还成立了上海市民办高校思政课“名师工作室”。宋艳华更忙了，但她认为，名师工作室与她担任的马院院长、党总支书记这些职务之间很多职能是重叠的，相得益彰。

在宋艳华看来，马院不仅仅是一个教学单位，还应当深入参与校园文化建设、课程思政建设。她非常注重发挥马院在校园文化建设中的积极作用，通过开发建桥特色的“中国系列”课程，进一步增强思想政治教育的针对性和实效性。近年来，她联合学校各部门共同举办“卓越建桥杯”大学生时政竞赛、党史知识竞赛、以“中国梦和青春梦”为主题的大学生演讲比赛等大型比赛活动，以赛促学，营造了人人关心时政、关心国家民族未来发展的良好氛围。

宋艳华以名师工作室为依托，带领全体思政课教师认真研究教学规律和学生成长规律，进行一系列课题申报和课题建设，成果丰硕。她在新进思政课教师、中青年教师的成长和培养方面投入了大量的精力，为他们聘请教授做指导老师，组织参观考察，制订职业发展规划；经常邀请校外专家进行教学示范，让年轻老师看到“名师”是怎样炼成的；每学期都举办教学公开课，进行评课的同时又提供培训机会，让他们的教学能力得以更快提升。在她的带领和引导下，马院教学团队不断探索学生对思政课的兴趣点，围绕进一步增强思政课的亲和力和感染力进行教学改革。利用超星学习通、对分易等新媒体教学软件辅助教学，从而推动马克思主义理论成果入耳、入脑、入心。马院的老师们不仅充分发挥课堂思政主渠道作用，还注重课堂外的育人工作，经常利用课余时间组织学生举办大型比赛，从选题策划到舞台排练，从宣传推广到主持人遴选都倾力辅导，比赛的育人成效十分显著。

作为学院党总支书记，宋艳华有很强的政治觉悟和政治理论水平。十八大以来，她在校党委中心组学习会和党支部书记培训会等场合向全体党员干部宣传中央精神，得到了大家的一致好评。她也有很强的组织领导力，如通过马院教师成长社群创设学习型党组织，通过“不忘初心，继续前进”专题组织生活会提升党员队伍的向心力。尤其是通过与信息学院结对共建活动，提升了党总支的影响力。2014 年以来，马院党总支与信息技术学院党总支进行了结对共建，经常召开研讨会，利用马院的基础教育资源为信息技术学院提供一系列支持，深受学生欢迎。马院多名教师还获得了“清云奖”及“优秀系主任”“优秀党员”“优秀党务工作者”等荣誉称号。近年来，马克思主义学院团队分别获得“上海教育系统巾帼文明岗”“上海市三八红旗集体”等荣誉称号。

课余，宋艳华把大量时间都用在阅读上，阅读经典著作，阅读网络文章，了解青年人的喜好，广泛涉猎心理学、教育学、政治学、传播学等方面的书籍。“总感觉自身的成长速度还不够快，距离学生的发展需求、国家的要求还有相当大的距离。越学越觉得不够，越学越觉得如履薄冰，责任重大。”于是，她又在职攻读博士学位，“其间的挣扎、苦闷、痛苦以及痛苦之后的幸福不断交织在一起。最后冲刺的那半年经常熬夜到凌晨两三点，终于写成了 18 万字的博士论文，顺利通过答辩。”她说，“思政课教师只有不断学习，才能不断进步、不断提升！只有了解得比别人多得多，站在台上才能讲得有底气。”

（何　羽）

陈苏婷：数学也可以“活”起来

“数学那么难，我不以数学为生，学它对我有什么用处？”不少人都曾遇到“数学无用论”的困惑。

对于数学教研室教师陈苏婷来说，数学之于她，是一种实用的理性思维工具，是一种终生受用的学习技巧。生活中也处处离不开它。尚未成年时，她就曾通过购房成本的计算建议家里购房，这件事至今被父母津津乐道。

或许，就是应用数学来解决问题的那份成就感，让自称“计算能力不强”“记性很差”的陈苏婷，踏上了应用数学、产业经济学的求学之路，更成为一名高校数学教师，影响更多的人以数学的思维方式，去思考与理解这个世界。

数学也可娓娓道来

自己数学好，是否意味着能教好别人数学呢？不久前，在第三届上海高校青年教师教学竞赛上，陈苏婷对这个问题交上了自己的答卷。她的讲课获得该竞赛自然科学基础学科组二等奖。

“数学选题是参赛组里同质化最严重的学科之一，30 个参赛选手里有 16 个讲的是数学。”陈苏婷说自己能获奖很意外。当时参赛者要从 20 个选题中抽一个选题讲课，

人物简历

陈苏婷，女，讲师，应用数学专业学士，产业经济硕士，高等教育学硕士。曾荣获第三届上海高校青年教师教学竞赛二等奖、第四届民办高校教学技能大赛一等奖、“以学生为中心”教学设计竞赛三等奖等。发表《民办高校融资渠道策略研究》《浅析案例教学在高等数学教学中的应用》等论文。指导本科生参加全国大学生数学建模竞赛并多次获奖。

而她抽中的并非自己最拿手的内容。面对强手如林的参赛者，面对经验丰富、提问犀利的老专家，她放下胜负心，放平心态，像平时上课一样，完成了竞赛的讲课内容。

但最初的她，在讲台上远没有那份掌握课堂节奏的从容。2011 年，新任教师时，陈苏婷上课前必把每句话都在心中过一遍，做到每节课、每句话心中有数。然而，这样教学效果并不好。她感觉自己“很像背书，很应付，课堂互动效果比较差”。

怎么样才能把数学的严密演绎与逻辑推理的思想之美，通过更容易接受的方式，教授给学生呢？陈苏婷不断地在授课过程中调整，摸索出自己的教学风格，把极富逻辑的数学如同故事般向学生“娓娓道来”。

在课堂上讲述“导数”章节时，她讲起了“导数”诞生之初的故事。陈苏婷以“17 世纪发生了什么”的历史背景引入，让学生们了解微积分中先有“导数”、后有“极限”的时代背景。“日心说的发现，使得神学的地心说被动摇，于是有了文艺复兴。在这一时期，天文观测、航海勘察等科学技术的推动，带来了比以往任何时期都要复杂的计算问题，古典的几何算法已经不够用了，需要新的计算方法。微积分就是在这样的背景下产生的。但是一开始牛顿－莱布尼兹的微积分并不严密，导数中的无穷小量既是 0 又不是 0，于是有了第二次数学危机。这时，德国的魏尔斯特拉斯等数学家提出了 $\varepsilon \sim \delta$ 定义，解决了这次数学危机。但是考虑到数学的逻辑性，我们先学极限，再学导数。”把学生的谜团解开了，他们就容易接受了。

作为一门延续性很强的学科，除了数学学科的历史背景，学生过去的学习情况也会影响课堂教学效果。“记得求导公式的同学有多少？举下手！”陈苏婷常会在课上对学生情况摸底，注意适当为学生们回顾中学所学的相关数学知识。她通过大家熟知的速度公式、切线公式，带学生们用极限方法求解变速直线运动中的瞬时速度、曲线切线的变化率，进而理解课程难点之一——导数的定义。“以前觉得这是高中老师的事，后来发现带学生回顾一下关联知识，让他们循序渐进地学习就不会很累。”

赵诣同学说：“陈老师上课风格偏向于基础，备课很仔细，还会将上课内容提前传到网上让大家预习，确保班上的大部分学生能够听明白。因为陈老师每周都有两次答疑时间，我会去老师办公室问很多基础问题，老师每次都很耐心解答，而且还会告诉我很多学习方法，给我很多鼓励。我知道，如果我不在课后找她提问，她可以早点回家陪陪两个孩子，辅导功课之类的。陈老师身体不太好，好几次带病上课，从没有缺过课，我真的很感动，陈老师真的很暖。”

“讲课，不是我讲明白，而是要让学生听明白。”因此，陈苏婷常常留出一部分机动时间，根据学生的课程掌握情况调整教学进度与思路。

“同样的课如果上两遍，我的第二节课通常会和第一节课有所不同。随着内容的推进，如果突然有了更好的教学思路，我会毫不犹豫地推翻备好的原有教案。我很享受那种灵光一闪的火花。”数学，对于陈苏婷来说，不是一成不变的教学教案内容，它，是活的。

教学有法，教无定法

数学的“活”，可以是“活泼”。

陈苏婷有时会带着学生们一同领略“数学的深渊”。从数学的山谷仰望山顶时，学生们才会喟叹自己所学之渺小，数学奥妙之无穷。

她的课上，有用肢体语言记忆“函数操”，一扫学生午后的低迷状态；她也会在课间五分钟播放有益的提神小短片，让学生们打起精神。

“在课堂上就算有人睡觉、玩手机，她也会用一种既委婉又有效的方式来提醒。”会计专业的魏娜同学说：“陈老师的课幽默风趣，学生很少缺课。”

数学的“活”，可以是“活用”。

钟情于数学应用的陈苏婷，在数学通识课上常通过生活场景代入数学知识，她会带领学生用数学公式计算出为什么双层玻璃比单层玻璃节能，这也是羽绒服比其他材质的衣服更保暖的原因，等等。

在上应用经济数学课时，物流专业的同学发现：运用极限，可以推导出无限复利公式，进而从数据上直观地区别等额本息和等额本金两种贷款方式的优缺点；运用导数，可以在同时考虑库存成本和订购成本的前提下，得出两全其美的订货方案；运用积分，可以帮助航空公司解决是买飞机合算还是租飞机合算的难题；运用多元函数极值，可以设计出最经济的易拉罐形状；运用线性规划，可以实现路程最短、费用最省的经济目标。

在生活中，有学生甚至运用所学知识，把理财规划弄得风生水起。

数学的活，也应该是“活法”。

“数学，不是标准化的最终结果，而是一种思维方法。微积分的两个奠基人莱布尼茨和牛顿，求导的思想、角度完全不同，但殊途同归。”指导学生参加全国大学生数学建模比赛时，陈苏婷常会遇到这样的情况，本科组比赛只有两道开放试题，全国 4 万多支队伍却将产生近 4 万种截然不同的模型假设、数学建模方法以及计算结果。

“学数学要回归本质，就是要破除思考和问答问题方式的定式化，学会学习方法本身。”因此，陈苏婷鼓励学生勇于提问，挑战权威，她说，“学生会提问，老师才会教”。需要大量应用数学建模的金融工程专业的刘奕彤同学说：“我们可以随时和老师沟通不懂的问题，陈苏婷老师对问题的反馈也很快。这种有效的反馈会激励我不断修正自己的方法。在学建模时，她让我们结合专业，LEARN BY DOING（边学边做）。数学论证上没有对错之分，如果没有得到结果，就换一种方法和手段继续尝试，因此建模很考验我们分析问题的能力，就像 BA（商业分析）一样，通过数学逻辑，化繁为简，缩短得出数据所需的过程。”在陈苏婷的指导下，学生屡获高教社杯全国大学生数学建模竞赛上海赛区奖项，包括上海市二等奖 3 项，三等奖 12 项。

在陈苏婷眼中，数学作为一门通识教育课程，“不是知识拓展课程，它更多承载的是通识教育课程的深度，而非广度”。学生只有掌握好这个思维工具，才能开启深度思维能力之门。

（奚丽君）

徐方勤：一个建桥人的成长路

“作为建桥 20 年的亲历者，我伴随着建桥不断成长。从一名普通机房管理员，到学校教务处处长；从一个大专学历的学生，到获得博士学位；从初级职称到晋升正高，这一切都感恩建桥……”建桥 20 周年校庆典礼上，获得“卓越建桥奖”的徐方勤，作为教师代表发言。

“卓越建桥奖”是一份在校工作 20 年的“荣誉勋章”。10 年前，相似的场景，他曾作为第一代建桥人获得了“10 年贡献奖”。

从“新人”到“老员工”，倏忽而逝的光阴中，徐方勤的身形开始发福，黑发已露银丝，但不曾流失的是他在教育事业中爬坡过坎的激情。岁月的积累与沉淀，更令他在岗位上显露出一份从容与不惑。

于无处中寻路

坦途易行，泞路留痕。

当年，跟随着专业主任汪燮华，选择将自己职业生涯的起跑线设定在建桥时，徐方勤对于未来，还觉得是虚无缥缈的事情。

2000 年，一边是公办高校现成完备实验室的工作邀约，另一头是刚刚建成的上海建

人物简历

徐方勤，男，1977年6月生，教授，博士，中共党员。2000年7月进上海建桥学院工作，2011年升任信息技术学院教学副院长，2017年任信息技术学院院长，后任校长助理、教务处处长、科研处处长、学科建设办公室主任。曾获2016年宝钢优秀教师奖、全国职业院校技能大赛“优秀工作者”、上海市“育才奖”、上海市民办高校师德标兵、上海建桥学院“清云奖”，并获多项上海市优秀教学成果奖。社会兼职为全国计算机基础教育理事会理事、上海市计算机基础理事会常务理事、上海市大学生计算机应用能力大赛评审委员会副主任。

桥学院，实验室建设要从零开始。实验机房强弱电怎么建设，怎样建成标准化考场计算机实验室等问题接踵而至。勤学、好问、肯琢磨，徐方勤和伙伴们就这样摸着石头过河，不舍昼夜，终于将学校首批三个计算机实验室圆满建成。

之后，徐方勤迎来了建桥第一批学生。这1300余名学生是高考落榜生，需要通过国家学历文凭考试。徐方勤及另三位专职老师，就负责三门考试科目中的计算机基础考试。为了帮助学生们顺利通过，徐方勤和同事不敢有丝毫放松，4人2天半时间上完了8个班学生的强化冲刺阶段课程。结果喜人，最终建桥考生计算机基础考试的合格率在上海市名列前茅。

日常计算机机房管理中，常常涉及电脑软件重装、升级、维护等工作。由于当时软件环境原因，软件的更新安装无法批量完成，只能逐一进行。那时的徐方勤需要避开白天上课时间完成这些工作，因而经常通宵熬夜，总觉得睡眠不足。但当一些辅导员找徐方勤，要求他为学生增加机房开放时间时，徐方勤总是有求必应，“机器放在那里也是损耗，不如开放给有需要的学生”。学生从中受益，成了机房的常客。徐方勤慢慢也就成了学生们喜欢的课外指导教师，指导他们进行软件开发训练，带领他们做项目，让他们长了不少见识。不少学生还在他的指导下参加了全国微软办公软件核心技能大赛，取得了很好的成绩。2005 年起，徐方勤指导的学生在该项赛事的中国赛区获得 11 个单项冠军，7 次代表中国队赴美参加国际大赛。其中，还有学生斩获世界第 5 名的好成绩。他个人也两次参加教师组比赛，累计获得冠军 3 项，亚军 2 项。

经过 10 年建设，信息技术学院已经拥有近 20 间机房、5 间实验室、1 个计算机实验中心，管理机房的人员也由原来的两三人增加到十余人。徐方勤随着学校的发展而成长，由计算机机房负责人升任计算机实验中心主任，分管、承担起信息技术学院全部计算机基础教学，以及学校部分公共计算机基础的教学、市高等学校计算机等级考试任务。

徐方勤还负责计算机网络原理、计算机信息安全等课程的教学与课程建设。计算机技术的发展虽然日新月异，但基础原理才是根本，且学习得法很有门道。

经过自身多年的分层教育、摸索总结，徐方勤提炼出一套行之有效的学习方法：基础复习、过关测试、强化能力、查漏补缺、模拟练习。每一个板块的学习中，他总是由浅入深，从基础入手，确保学生理解每个知识点，然后不定期进行抽查检测，查缺补漏、加深学习印象，继而更好地进入下一板块学习。他积极运用项目导向、任务引领等多种教学方法，提倡多种教学方法融合授课，根据不同的教学内容，使用不同的教学方法，因材施教，因而他上课的班级几乎无人迟到和早退，且学生评教成绩名列前茅，他本人多次获得学校奖教金。

向前跋涉

徐方勤年轻的人生在轨道上开始有条不紊地运转。但向前跋涉，才刚开篇。

2011 年下半年，学校在原信息技术系的基础上，组建信息技术学院。因为勇于探索教育规律，大胆采用新的教学手段，同时又以身作则，敢于担当，徐方勤被任命为信息技术学院教学副院长，分管起这个近 1200 名学生、40 余名教职工的学院的教学工作。

将工作重心从十余年的讲台岁月转移到行政管理，他不是没有犹豫过。很多技术同行都建议 30 岁出头的他不要那么早就放弃专业。在选择搞技术还是管理的分岔路口，他最终决定转向管理方向。做一个出色的专业老师，不少人可以办到，但是怎样推动更多人一起往前走，显然是一门更大的学问。比起兴趣，选择做管理，更多的还是出于一份使命。

2013 年 9 月，徐方勤接手教学管理岗位仅两年，学校将迎接本科合格评估。对于信息技术学院来说，当时有三大问题亟待解决。一个是学院本科专业少，只有两个，生源数量与发展规模将受限；第二个是专科转本科，教师理念、相关配套资源也都需要升级。除了教案、文档、试卷归档等都需要按本科要求重新梳理，原本停留在专科教学层面的老师也需要改变教学规范与教学理念；第三个是争取与办学层次、规模匹配的资源。当时学院还没有市级项目，配套资源也少得可怜。为改善人才培养理念和培养方案的相对滞后，徐方勤引领学院采取了改革创新措施，开设新专业，转变新思路，开辟新资源，将学院诸多有资历、有水平的教师团结在自己的周围，一起完成学院的“升级改造”。

新专业怎么设？学生从入学到就业的整个过程都需要通盘考量。考虑的问题很多，像“如何在教学的实施过程中体现应用型本科的办学定位”“如何解决企业需求与学校教学完全脱节”等问题。除了研究人才培养方案，重新磨合教师培养理念，徐方勤积极组织学生参与国内外技能大赛，了解行业最前沿的研究成果；还鼓励引进企业项目，让师生工作小组直接参与到实际操作中。同时，徐方勤还要求导师关心关注学生毕业实习、毕业及就业情况。

新思路怎么转？他大力扶持青年教师，鼓励青年教师考取相关的行业资格证书，帮助培养骨干教师，通过提升教师能力与资质，建立全面的师资队伍。

新资源怎么辟？他个人积极申报、承担各类纵向和横向课题研究，积极争取上海市民办高校扶持资金1000余万元，并在结题评审中多次获得专家好评，排名第一。另外，他带头申报上海市市级项目重点课程或优秀课程，在任8年内，学院获批多项上海市市级重点课程项目，实现学校零的突破。

2017年，未到不惑之年的徐方勤担任信息技术学院院长一职，并为这个已建立5个本科专业、在校生人数逾3000规模的学院，逐步建立起颇具特色的分类管考、责权下放、骨干计划、聘用考核、质量管理、校企合作等管理制度与运行体系。

升级，在路上

多年来，徐方勤拒绝了校外的各种利益诱惑，全身心投入建桥的发展与个人的成长。忙碌之余，他挤时间读本科、硕士、博士，又晋升为教授，完成一次次自我升级。

永远做擅长的事，或许不会失败，但处在舒适区，也难以获得更多的人生体验。2019年，徐方勤从学院调任学校教务处，担任教务处处长。

2019年的学校本科审核评估，是等待他和教务处的第一场大考。在教务处的牵头下，学校制订了一系列审核评估工作方案，分解学院工作任务，启动全校本科专业评估。针对“迎评促建”中的问题，教务处推动各学院逐一整改落实，补齐短板。通过人人参与建设，各部门落实责任，最终，学校顺利通过本科审核评估，进一步夯实了人才培养中心地位，为学校建设成为特色鲜明的应用技术型大学和国内一流民办大学打下扎实基础。

2020年，新冠肺炎疫情来袭，疫情之下的线上教学，又是一场考验。为了确保“停课不停教，停课不停学”，徐方勤带领教务处提前谋划，积极与BB平台、超星、智慧树等主流教学平台支持单位对接，建立了7个在线教学平台技术支持微信群，由17名教务人员积极联合各平台，为广大教师提供线上教学的信息化教学培训与技术支持，组织教师开展了10余场平台操作专题培训。2020年春季学期，学校如期实现“云开课”。

开课首日学校开课门数 215 门，520 个班次，参与在线教学的教师 248 人，在线学习学生达 20108 人次，2 万余名师生跨越千山万水，“云”上相逢，共同开启了新学期的教学和学习，共同见证学校教育教学方式一次历史性变革。6 周时间，线上课程比例突破 9 成，徐方勤却说，“这都是我们老师的功劳”。

线上教学，让老师们看到了丰富的信息化教学资源、强大的信息技术手段所带来的教学改变。然而，线上教学绝不仅仅是线下课堂的网络直播。如何以信息技术 2.0 推动课程建设，通过教学改革打造课程特色？如何采用 OBE 教学理念凝练应用型人才培养的专业能力？这些才是徐方勤一直所思考的问题。

面向未来的教育教学，学校教务处明确了三个有力的抓手，即，以临港产业大学为抓手，培养应用技术型人才；以新一代信息技术为抓手，推动学校在线课程建设，建设精品课程；以创新创业教育为抓手，融入专业课程体系，提升学生能力素养。

徐方勤还在继续向前摸索。虽然无法确知前方路有多遥远，会经历多少坎途，他始终坚信：“‘书山有路勤为径。’不轻易放弃，继续走下去，就能走过去。”

（奚丽君）

徐磊：“诊所式”教学艺术

“说理不说教”，这是学生们听徐磊老师上课的普遍感受。

徐磊老师2005年6月进校，现在新闻传播学院任教5门课程，几乎涵盖了秘书系、新闻系、传播系的伦理和法规课程。教学过程中，她最大的特点是，在传统案例教学法的基础上应用“诊所式教学法”。诊所式教学法区别于其他法学教育最具魅力和特色的地方，在于实务应用，没有单一的标准答案，强化培养和锻炼学生分析问题、解决问题的思辨能力和法律思维，指导学生掌握如何找到运用法律的方法，在法律和道德伦理上取得最佳平衡点，从而培养学生的社会责任感和职业责任感，“育德于教”。

徐老师注重课程思政，“成才先成人”。在承担的“合同法”校重点课程建设中，确定课程思政点为“培养学生诚信至上、爱岗敬业的品质”，不仅对学生进行重合同、守信诺的正面引导，并通过案例分析、违约责任法庭旁听对学生进行警示教育，在教学过程中促使学生形成良好的职业道德和法律观。在承担的“新闻伦理与法规”上海市重点课程建设过程中，注重加强学生对核心知识点的理解，张弛有度，合理安排教学过程。透彻的理论阐述、实践案例的分析和探讨，使学生入脑入心，形成良好的法律观。如在新闻传播伦理与法规课程教学中，在比较中西方新闻道德自律信条的基础上，引导学生扬弃不同政治社会环境中不适用中国国情的职业道德观念。进行新闻伦理小组大作业，对失德失范的职业行为，如虚假新闻、有偿新闻、新闻炒作、新闻逼视等进行专题探讨，

人物简历

徐磊，女，1974年5月出生，江苏射阳人，教授，中共党员。新闻传播学院秘书系主任。华东政法大学经济法学博士。曾获宝钢优秀教师奖、上海市育才奖、上海建桥学院“清云奖”、优秀系主任奖等。律师。兼任校劳动人事争议调解委员会委员、校学生申诉处理委员会委员、校妇女工作委员会委员等。曾获上海市第三届民办高校思政课大赛第一名，校青年教师教学竞赛一等奖等。参与多项国家级课题，曾主持“中国外汇保证金法律制度构建研究”“新闻舆论监督与司法独立关系研究”“小额贷款公司法律问题研究”等多项省部级课题。主编或独立编著《对外投资经济安全法律问题研究》《经济法概论》《法律基础》等多本专著和教材，在《法学杂志》《新闻记者》等CSSCI期刊或其他中文核心期刊上发表研究论文十余篇。“民办高校师生权利救济制度和权益纠纷解决机制研究”等课题入选2017、2018、2019年度“上海市教育法学人才项目。

由学生观察员和教师共同进行评价，促进学生对信息进行性质辨识和价值判断，增强自律性，防范失德失范和违法行为，助力学生在未来的职业活动中正向提升新闻业的传播力，参与营造正面的文化舆论环境。她负责的秘书系学生一直秉承“德育优先”的理念，2019年度学校四名学生被选拔参加新疆基层工作，其中一半来自秘书系。

为了实现真实情景教学，徐老师会安排所有班级学生到基层法庭旁听，真切感受基层法庭中第一次审判时的“原汁原味”，来理解专业课上的法律理论，“法律的生命在经验”。为了让所有学生都能得到恰如其分的客观评价，徐老师设计了一套金字塔式的分层评分标准。如，对于新闻伦理和法规课程的法庭旁听环节，评分标准设为三个层次：

第一层次，完成旁听小结，即给基本分，并根据小结完成的质量相应加减；第二层次，就本次旁听活动完成新闻稿，将课程技能融入专业综合技能，加分；第三层次，采访法官，对案例的法理和国家法治进程有深化了解，再次加分。逐层提高的评价方式，让学生清晰地把握了自己应努力的方向，循序渐进，稳步提高。特别是第三层次，在真实环境中采访法官，工作的方式方法等都需要较强的专业性与综合能力。

徐老师用心组织课堂教学，把握案例导入的最佳时机，通过评价机制的科学设计，确保每个学生都能充分体现学习状态和能力水平，学有所获。比如，在分组讨论、角色模拟时，她会让小组中能力较弱的学生做评价者，这就能确保这个学生至少全程认真听取别人的发言，有所收获，因为差距过大而心思游离，会进一步丧失学习的兴趣和信心。这是徐老师坚持的“教育公平”。“信其人，方能信其道。”平时在课堂上，徐老师凭着自己的律师身份，针对教学中的核心知识点，结合真实案件代理过程进行讲解，培养学生的权利、义务、责任意识和法律思维能力，帮助他们树立正确的法律和道德观念。

要给学生一碗水，老师要有一潭水。与做律师的高收入相比，徐老师说：“做一位好老师，是良心活。”好老师须传授学生本学科最前沿的知识和技能，这样也就倒逼为人师者不断学习，始终要站在学科前沿阵地，才能站稳课堂。徐老师深受学生欢迎的内涵支撑是她较强的科研实力。她近年来在核心期刊上发表论文十余篇，其中 CSSCI 期刊 3 篇，EI、ISTP 检索 4 篇；独立编著或主编专著、教材 6 本；主持省部级课题 5 项，参与国家级、省部级课题 4 项。作为课题负责人，她主持的课题连续三年获得上海市教育法学人才项目（民办高校仅此一项）。专著《中国对外投资经济安全法律问题研究》，创新性研究对外投资对母国经济安全的影响。2018 年 3 月，她作为大陆学者代表应邀参加国际认证财务顾问师协会（IARFC）大中华区 2018 年度大会并做主题发言：《法眼看世界家事财产制度》；2019 年 11 月，她应邀参加主题为“亚洲视野下的秘书工作与辅政科学”的首届亚洲秘书论坛暨第二届中国秘书学研究峰会，并在分论坛上做主题发言：《三服务理念指导下秘书工作在新媒体时代的创新性发展》；2019 年 11 月，她作为全国唯一民办高校教师代表，应邀参加第四届中国教育法治与教育发展高峰论坛并做专题报告：《民办高校学生权利法律保障》。她连年应上海市委宣传部、新闻出版局之邀为新闻传媒业做系列讲座，将课程思政的外延拓展到行业，拓展到从业者的终身学习过程。她积极投身于国家法治建设与其他社会法律服务，为公益性科普期刊撰写十余篇普法专栏文章，曾进行近百次经济法、民商事法律制度全国巡讲。她不断研究法学与秘书学的前沿理论和实务，给予学生专业引领与启迪。

徐老师说："发现学生的亮点是当老师的乐趣，我很享受教学相长的过程。"有一次她与学生们讨论秦朝重刑法治"繁于秋荼，密于凝脂"，与汉武帝"罢黜百家，独尊儒术"时，有个平时不怎么开口的学生提了一个问题，"已经过董仲舒融合黄老学说的儒术，还是先秦孔孟之道的儒术吗"？听到学生竟能谈到"黄老学说"的专业问题，徐老师非常惊喜，抓住时机因势利导，她简单解释了封建社会不同统治者在面临不同执政局面时的法治对策之后，指出汉武帝实行"独尊儒术"的思想统一政策，对于当时加强中央集权的封建专制有积极作用，但把战国以来百家争鸣的文化氛围终结了。她由此步步深入，鼓励学生们进行科学规范的研究式学习，深入理解法治的历史进程与本质特点。

2016 年 11 月，徐老师以专业教师代表的身份，与校长助理陈伟、马克思主义学院院长宋艳华、徐老师的学生、2015 级新闻系学生王雨喆，代表建桥学院参加上海市教委项目——"思政超级大课堂"。该项目由海洋大学承办，海事大学、海洋大学、电机学院、建桥学院代表团和 500 名左右学生进行思想交锋，当年度的辩题为"中国传统文化是财富还是包袱"；2019 年度，她作为专业教师代表，再次参加"思政超级大课堂"，本年度的辩题是"厚植爱国主义情怀"，团队协力，直面学生的热点关注。建桥代表团获得了教委领导和复旦大学等专家学者的高度评价，他们特别指出建桥学生思维逻辑性强，思辨能力非常出彩，这是各行业都需要的能力。

徐老师的教学艺术获得了学生们的广泛认可，连年在学生评教中名列前茅，同时还极大激发了学生们对法律专业的兴趣投入。2019 届毕业生谢伟说："徐磊老师，是我的导师，也是我的法律学老师。因为你，我对法律和哲学有了新的认知；因为你，我对世界的善恶是非有了辩证的思维。法律课堂，你教我人间道义，情法相容；毕业典礼，你为我戴帽拨穗，拥抱鼓励。我从老师那里得知智慧和才华会让人闪闪发光，永不褪色。”不少学生因为听了徐老师的课，考研方向选择了法律专业。为此，徐老师经常义务“开小灶”，帮助学生继续深造夯实基础。在她的教育指导下，近20名非法学专业学生考入华东政法大学等高校深造法律，数名学生取得律师资格。

很多课外获得徐老师专业指导和帮助的学生非常感激，想请吃饭送礼，都被徐老师谢绝了。只有张雯同学跟班旁听了徐老师的课，顺利考上了上师大研究生，她送给徐老师的宝宝一套启蒙读物，徐老师收下了，“每次想到我家宝宝看的第一本书，是我的学生准备的，就感觉当老师特别温暖”。

（何　羽）

矫桂娥：做一名有担当的教书匠

在家人眼中，2002年刚研究生毕业的矫桂娥，可能不适合做老师。为堂弟、堂妹讲题时，她总是显得耐心不够，脾气也急。

然而，在建桥教师岗位任职近20年，矫桂娥不仅成了学生逢年过节常常惦记、乐意分享成绩的对象，还从一名普通教师晋升为信息技术学院分管教学的副院长，成了学校发展不可或缺的中层骨干。

爱岗敬业，教无定法因材施教

入职时，矫桂娥的带教导师是邱希春教授。对教学懵懵懂懂的矫桂娥，在跟学的过程中，慢慢熟悉了课程内容与授课方法。邱希春教授“下功夫准备不擅长的新课程直到熟练精通”时的爱岗敬业、“考卷上哪怕一个标点符号错位都要更正”时的严谨认真，都潜移默化影响着年轻的矫桂娥。“小到对一个标点符号的态度，都会影响到学生对于老师工作的看法。”

最初，矫桂娥讲授的是计算机操作系统相关的基础课程。为了上好课，所有授课内容与操作环节她都会逐一试过。即便做足了准备，学生操作出错要找原因时，常由于缺乏计算机系统报错提示，矫桂娥也经常难免一时间找不到原因。“但学生总觉得老师是

人物简历

矫桂娥，女，1976年生，中共党员，副教授。2002年7月入职上海建桥学院。先后担任学校信息技术学院数字媒体技术系主任、院长助理、副院长。曾获上海市教学成果奖二等奖、市教卫工作党委优秀共产党员、校“清云奖”、校首届“匠心典范”荣誉称号、校优秀系主任、校“三八红旗手”等。其课程“网页设计”获评上海市精品课程，所带数字媒体技术专业团队获评上海市“教育先锋号”。

万能的，问什么，都能答上。”遇到这种情况，矫桂娥会坦诚地告诉学生，自己会研究后再告知正确解决方案。后来，经验多了，即便没有报错提示，矫桂娥也常猜得到学生的出错原因。

网页设计、Web应用开发、脚本程序设计……上的课多了起来，怎么上好课成了矫桂娥整天琢磨的问题。“自己明白”与“教会别人”是两件不同的事。“100个学生有100种不同的想法”，学习进度也有差异，怎样在有限的时间内，把知识尽可能以简单易懂的方式传授给更多的学生？她不断努力提升专业能力，改进教学方法。

为了提升专业能力，矫桂娥刻苦钻研，不断保持学习状态，及时准确地把握行业对于知识体系的需求变化。她多次申报校级科研项目以及上海市民办高校骨干教师项目，均获得立项，还发表中文核心期刊论文3篇，科技核心论文3篇，EI检索会议论文5篇。工作忙碌之余，她还编写了5本教材。过程充满艰辛，“为了赶稿，连着几天写到凌晨两三点，刚休息一下，五点就要赶着上班了”。结果更有喜悦，她主编的一本书获评2015年上海市普通本科高校优秀教材。

为了改善教学方法，她经常通过学生对课堂的反馈，改进教学手段，以更贴近学生实际情况的方式讲授知识。移动教学平台出现后，她通过平台的便捷性实施“翻转课堂”教学，提高学生的自学能力。通过移动教学平台的数据分析，她进一步实施精准教学，实现个性化、差异化的指导。常有上课没有认真听讲的学生，课后提出的问题就是矫桂娥课上反复强调的内容。矫桂娥也会相当耐心，不厌其烦地一遍遍解答。课堂之外，矫桂娥觉得教师也应当承担起“指导者”和“引路人”的责任。“教师，要凭良心为学生”，矫桂娥把这份“良心活”变成“内心活”。她指导学生毕业设计获得优秀论文，引导和指导学生成立专业工作室、建立学术社团，组织科技实践活动，指导学生申请双创项目。学生在国家级、市级等比赛中获得多个奖项，如全国高校数字艺术作品大赛一等奖，上海市计算机应用能力大赛二、三等奖多项……

感受到矫桂娥的良苦用心，学生们也一并接受了她的认真严格。选她做老师，意味着课程要求特别严格，不能敷衍地学习与考试，但毕业后你一定会感受到她授课思路带来的好处。选她做导师，意味着要反复修改论文框架，完稿后从头到尾修改一二十遍也有可能，但在论文答辩时你一定会有过尽千帆后的镇定自若。选她做导师，意味着有问题、想法或是困难都可以找她，因为矫桂娥一定会尽全力帮助与解答。

改革创新，专业建设成效显著

课程的建设，离不开个人的努力和付出。但专业的建设，更需要团队的团结与支持。任信息技术学院数媒系主任期间，矫桂娥以身作则，带领团队，克服种种困难，先后完成数字媒体艺术专业、数字媒体技术专业的达标评估。

2012 年，数字媒体艺术系面临新专业的检查评估。工作任务重，管理人员缺乏，她没有叫苦叫难，而是认真深入调查研究，冷静分析工作的重点、难点，理清思路，制定相应措施，遇到困难不退缩，带领大家积极开展以评促建工作，在校外专家的评审中，获得了一致好评 。

2013 年，矫桂娥又带头开展了新专业——数字媒体技术的申报与建设。课程体系如何适应最新的市场发展需求？如何在课程中融入学生的能力矩阵？……这些都是人才培养方案里反复被她打磨的地方。只有将这份教学培养的总规划修订好，专业课老师实施教学才更有保障。

专业建成后，她进行了许多专业改革和人才培养模式改革。为了让学生学到专业最新内容，在课堂中采用校企协同授课，邀请企业高级工程师走进课堂，聘请为舟网络科技等企业的技术专家来校讲课。专业还积极探索校企合作新模式，与杭州时光坐标、上海煜容文化传播有限公司等多家企业签署了深度合作协议。 同时，她带领学生深入企业，让学生在校期间参与企业的项目，拓宽了教学实践和就业渠道，培养毕业生从校园到业界的“软着陆”。矫桂娥常喜欢与毕业生聊实习或就业后对专业的认知，这种“调查”也是她改进培养方案的依据。

2016 年，数媒专业成为校级试点专业建设项目，与大唐电信共建，方向定位于虚拟现实与交互技术。时至今日，开设这个前沿方向专业的上海市本科高校，包括建桥在内也不过 4 家。虚拟现实行业发展很快，需要大量的人才，但同时由于是新兴行业，科班出身的专业教师匮乏。一次，距离开学不到数日，一名专业课程教师临时离职，矫桂娥勇挑重担，接下了该老师的一门新专业课程，备课时间仅 10 天，这让她有了刚上讲台时的紧张感。

为了培养更多青年教师，她带领专业教师积极参加各类培训，要求专业教师走进企业兼职教师的课堂和学生们一起学习、到企业实地参观、听老教师的课等，构建了相对稳定的专兼职教师队伍。同时，通过选派骨干教师到国外进修、参加培训、学术会议等方式，鼓励和推促系、专业教师的成长，专业教师的职称得到了很大提升，在全系教师中形成了互帮互助、共同提高的氛围。

教师团队的有效建设促进了教学质量的提升。校级“虚拟现实课程群”教学团队建设项目顺利完成项目结题；团队承担的课程获得上海市精品课程 1 门，市重点课程 2 门等；团队老师引导和指导学生积极参加各类竞赛，申请大学生双创项目，2017 年以来，专业学生获得一等奖等各类奖项达 80 多项，大部分专业教师获得优秀指导教师奖。专业团队获 2017—2018 年度校“三八红旗集体”，荣获上海市 2014—2018 年度“教育先锋号”荣誉称号，大唐合作班级第一届毕业生（2020 届）实现 100% 就业……

2020 年 6 月起，矫桂娥担任信息技术学院副院长兼任数字媒体技术系主任。在这个责任与挑战并存的新岗位上，她将继续以自己的敬业、精益、专注、创新，努力做好“教书匠”，凭团队合力推动学院发展。

（奚丽君）

金亨锡：以创意引领设计教育

金亨锡，韩国著名品牌战略与视觉形象设计专家、教育学者，曾任前韩国总统李明博的咨询顾问，作为韩国国家品牌理事会企划顾问向青瓦台成员传授韩国品牌知识和理念。他曾任韩国又松大学视觉设计院院长，这是我国教育部认证的20余所韩国重点大学、韩国国际化教育程度最高的学府之一。他还是韩国品牌设计界实力派“巨鳄”，平面设计横跨各个领域，包括三星、LG、《嘉人》（韩国）、必胜客（韩国）、adidas（韩国）、丰田汽车、《时代》杂志、世界杯主体育场等。

其中任何一个领域的成就，似乎都足够让一个教育者、设计师知足。

2014年，他却选择来到上海建桥学院。在这所不太知名，也相当年轻的中国民办高校，筹办建桥国际设计学院 Intermark International Design College（IIDC），并担任院长。这个上海市民办高校首批学历学位制留学生班，于当年面向全球招生。品牌设计、时尚设计、数字媒体和娱乐图形设计三个专业，首批共录取了8名留学生。

教育事业的新起点

距离金亨锡最初来中国开展学术讲座、商业设计已过去了20余年时间。他能感受到，中国作为拉动全球经济增长的重要引擎，在艺术设计以及商贸文化交流等方面，有着巨大的市场空间与发展机遇。其中，国际化都市上海，其巨大的市场需求和日益发展的辐射力，正吸引着越来越多的著名设计师前来发展、创业。

这有别于他在美国求学时，那种政治化、经济化以及商业化过于浓厚的艺术设计氛围；这也有别于他在韩国工作时，那种资源有限条件下，国家战略集中发展电子产品与商品贸易，对设计创作的限制。

或许，中国会成为设计人才未来发展的“热土”。在走访、接触各类中国艺术类相关高校的过程中，金亨锡发现中国很多高校似乎都很看重国内知名高校的走向，努力去借鉴或照搬好的大学的教学计划，但这样一来，全国一个面孔，许多学校就失去了专业特色。

“与其如此，还不如找到一个自己的特色去放大它，从而形成特色。”金亨锡萌发了创办自己“梦想中的学院”的想法，开发与行业国际先进标准对接的课程体系，培养亚洲艺术设计领域的领军人物，在全球设计教育领域中创建亚洲品牌。

不过，一些知名的公办学校中思想依旧守旧，权威的影响力仍较强。建桥，却给了

人物简历

金亨锡（Hyung Suk, Kim），男，韩国大田人，教授。韩国著名品牌战略与视觉形象设计专家、教育学者。毕业于美国达拉斯艺术学院（学士）、洛杉矶艺术中心学院（硕士）、韩国 KAIST 大学（博士）。现任建桥国际设计学院院长、韩国领先品牌评估委员会评估委员、总统直辖韩国国家品牌理事会企划顾问；曾任韩国又松大学视觉设计院院长、韩国国际奢侈品牌委员会评估主席、亚洲科学和艺术协会国际副主席、韩国设计协会国际指导、大田日报首席顾问。曾服务过的知名品牌包括三星电子、韩国《时尚先生》杂志、《时代》杂志、CJ 集团、农心集团、LG 家庭购物、韩国电信 Hitel、韩亚航空、本田、KDD 等。

他足够的支持去开展这项创新的活动。

2011 年，他曾作为上海建桥学院通过市教委“海外名师项目”引进的第一位国外知名教授，以客座教授身份任职。建桥专门为金亨锡辟出一间工作室，提供他在校食宿，还为他配备了两位具有韩国、日本等海外留学背景的青年教师作为联络人和助手，为他创造了良好的工作环境。

这些使金亨锡相信，拥有多元化合作办学机制的建桥，可以作为他培养国际化、跨专业、跨领域创新设计人才的全新事业“起点”。

但是，建立一个走国际化道路、接近市场的“先锋”艺术设计教育体系并不是一朝一夕的事情。

一方面，是在全球寻找更具天赋的学生。“我需要到世界顶尖的大学去寻找有天赋的学生来到建桥学习。”邀请世界一流的学生进入一个不太为人所知的中国民办高校学习谈何容易?

要与 QS 世界大学排名榜单上的大学争夺优质生源，就要把自己的履历与作品作为“信用背书”，飞往国外各地高校开展招生宣讲，赢得学生的倾心，获得家长的信心。为了降低各地宣讲招生的成本，他总是经济舱来回，一次出行多地宣讲，曾在三天内完成了罗马尼亚、捷克、斯洛伐克的所有合作项目宣讲。

为了确保持续向学院输入高质量人才，他还提前向各学校“预定”人才，他牵头与近 20 个国家 80 多所大学和 15 所高中签署了备忘录。为了留住优秀但家庭条件略差的学生，他私下捐助学生部分的学费和住宿费。他努力为学生的未来铺路，学院通过与法国巴黎国际奢侈品管理学院、印尼万隆理工大学等知名海外高校签订无门槛硕士联合培养协议，为学生提供继续深造的平台。

另一方面，是在业内找到优质的师资队伍。考虑到这些教师既要有理论基础，也要有公司的实践经验，金亨锡邀请了如法国平面设计大师蒂埃尔·萨菲斯（Thierry Sarfis）、国际顶尖的数字艺术大师肖恩·哈格里夫斯（Sean Hargreaves）等为学生授课。

同时，考虑到学生需要理解国际化与本土化，学院除了开设海外名师的课程，让学生具备国际化理念，金亨锡也会邀请诸如清华大学教授王红卫等、天大广告机构励忠发等国内名师前来授课，使学生掌握本土化概念。

为理想奋斗

建桥国际设计学院，有着独特的授课模式。

每天仅睡三四个小时，用睡眠拼出一个学习时间来，是国际设计学院学生在学习上的自主选择。

学院采取了“模块学习模式”，三周集中教授一门课程。由来自美国、法国等全球顶尖设计师、课程总监或总经理，每天为学生连续授课三小时，持续三周，总课时45小时，相当于通常一学期的课程。4年，就可完成近40门专业课程的学习。这种小班授课、精英教学的模式，绝无“水课”，对学生专注课程、掌握知识实践意义相当大。

罗马尼亚籍学生维多利亚（Victoria）甚至放弃了自己本国的硕士在读课程，来学习建桥国际设计学院的本科课程，发现自己收获更大。

金亨锡在这些为理想努力着的年轻设计师身上，看到了自己曾经奋斗的影子。“不劳则无获。没有对痛苦的理解，没有痛哭流涕的经历，成不了专家，也不会随随便便成功。我童年时期，资质平平。十几岁时，我确立了自己的梦想，要成为一个卓越的人，并基于自己的信仰，不断努力实现目标。”为了在更广阔的世界里，成为更优秀的人，年轻的金亨锡决定只身前往全美设计排前五的美国设计艺术中心学院求学。“在专业里名列前茅并不容易。我周围有来自50多个国家的优秀学生，为了超越他们，从中脱颖而出，我常通宵达旦学习，每天睡眠不足3小时。”

金亨锡主攻视觉设计与品牌设计，不过他也尽可能多涉猎各类专业知识，深入不同的行业领域。求学期间，他在本科阶段学习市场营销、品牌、广告、包装与平面设计，硕士阶段学习信息数字技术，博士阶段学习商业和市场。这些来自不同专业领域的知识，使金亨锡的专业能力跨越了新媒体与交流、电脑排版、包装和平面设计、标示和招牌设计、广告、品牌市场等，成为一个了解商业行业各个领域的特殊人才。

“如果你掌握了未来工作中所需的各种知识，就无须担心任何事，你一定会成为其中的领袖人物。”当实力足以凌驾于民族偏见、种族歧视之上，在美国主流社会中，金亨锡不再受制于自己的“亚洲面孔”，而是在美国一家知名设计与营销企业崭露头角。在美国 15 年，他师从很多知名大师，累积了很多相关领域的经验，“击败了示弱的自己，做到了最好的自己，证明了优秀的自己”。

面向世界与未来的设计人才

“设计，是一种完整的、解决问题的活动，而不是简单的标志或图形的表达。”出于对韩国设计及工业行业发展的愿景，金亨锡决定回到韩国。此刻的他，已不仅关注设计的视觉表达，而是基于对商业和市场营销的理解，综合运用专业知识，从设计到系统实施应用，来解决企业的问题。

在为三星、LG、现代汽车等大型韩国企业进行品牌设计与运营的成功经验中，他坚信要解决“设计”问题，年轻的设计师必须首先从商业及市场的角度考虑自己作品设计的初衷。另外，品牌设计也要从宏观上理解公司运营、管理的方方面面，而不是仅从微观和视觉上进行设计。“否则设计只能成为一种装饰，就像一个没有思想的美女。”

韩国学习设计的学生比例很高，毕业后竞争环境非常激烈，如果只是学会了海报设计、LOGO 设计这类的设计表达，难以获得好的工作机会。另外，相比中国，韩国市场相对小，品牌若只定位本土，则难以获利。因此，很多品牌目标就是全球化，这也要求品牌设计师能融合不同领域知识，拥有更全球化的视野，提高市场销售份额，运营品牌，提升利润。韩国不少设计教育类高校引入真实项目，这不仅有助于学生消化吸收知识和提高走向社会的适应能力，还促进了韩国设计水平的提高，向高端设计转化。

曾在韩国又松大学任教的金亨锡对此深有感触。

中国的市场潜力无限，消费者众多，没有强烈的压力来销售产品，只局限于本土定位。但是，未来像阿里巴巴、小米、腾讯等中国知名品牌走向海外，一定会需要具有全球视野的品牌设计师。此外，第四次工业革命到来，那些有可预测性、重复性、没有创造力的工作将被取代，教育需要培养更具创造力、更会学习的人才。

为此，金亨锡希望以独特的教育战略、教育体系和教育结构，为国际设计学院的学生就业做好准备，满足全球高水准教育的需要和要求，使学生在竞争激烈的市场和商业社会中，成为专业领域的领导者。在学习专业的过程中，学生、教学研究人员、专业从业者之间富有成效的互动，使学生融合不同专业领域，掌握更完善的知识，并以一种综合解决社会问题方式进行设计。很多学生在校期间，就受到企业的青睐。有些国外业内老师来授课，发现学院学生很优秀，便抛出橄榄枝："我希望直接录用你们来我的公司工作。"

这些学生中，有人获得了奥巴马奖学金，有人继续深造并成立了自己的个人品牌，还有更多学生进入华与华、郎标等业内知名的企业工作，并迅速成为业务骨干……学生毕业就业率达100%。

从前沿表达到技术创新再到社会变革，国际设计学院将在金亨锡的引领下，继续以创意思维引领中国设计与营销教育课程，培育面向未来的设计人才。

（奚丽君）

如雁人生

——追记珠宝学院原院长李牧

沉寂的手机

生病入院半年多来，李牧极少像这样，一连几天不回手机工作群的消息。

中断的音讯，传递着某种不同寻常的信号。习惯了院长李牧半夜两三点钟秒回工作消息的珠宝学院老师，在面对手机那端的沉寂时，隐隐感到不安。

担忧李牧的身体近况，又怕打扰他术后休息，于是2019年11月16日，总支书记万庆华发出了那条汇集着很多老师关心的消息。但，还是没有回复。

把病房当作办公室，向来“工作在线”的李牧，这次真的“因病缺席”了……

2019年5月13日上午，万庆华发现李牧面部发黑，气色极差，建议他去医院检查。不想缺席当天的行政例会，李牧便想等到会后再去医院。会议中途，由于身感刺痛、坐如针毡，他只得匆匆赶往附近的六院就诊，当天就被送入血液科无菌病房。

就诊报告显示，他所患为“重型再生性造血功能障碍”，俗称“软癌”。各项血液指标显示，他的造血功能已近衰竭。隐忧随着血管向全身涌动，缺氧贫血、易发感染、器官出血等等会如影随形，任何轻微的伤口都可能在一瞬间戳破他的生命防线。

住院治疗，本是调养身心的时刻。只是，常年缺乏睡眠的李牧还是放不下对工作的执念，仿佛那是对抗病魔最有效的精神利器。由于六院离学校近，李牧常让万庆华书记、

人物简历

李牧，男，1956年3月生，原建桥珠宝学院院长。河北景县人，中共党员。2019年12月1日，因病医治无效，在瑞金医院不幸逝世，享年63岁。曾在上海市长宁区副食品公司新华菜场工作并担任团委书记，在长宁区人民政府办公室工作；担任长宁区委宣传部部长助理、长宁区委办公室副主任；上海市外经贸委政策条约法律处副处长、条约法律处处长、贸易发展处处长、贸易管理处处长，其间借调北京“博鳌亚洲论坛”秘书处工作1年；担任上海钻石交易联合管理办公室主任助理兼综合协调处处长、上海钻石交易联合管理办公室副主任。2015年起参与上海建桥学院珠宝学院筹建，2016年9月任上海建桥学院珠宝学院院长，为学院引进国际资源、珠宝大楼设计和建设、推进专业建设做出了重大贡献。

刘衔宇副院长、妙鹏主任等同事，到医院沟通近期工作。他还特意让同事送来新大楼设计方案、效果图，修改完善。他会亲自挑选每层楼梯间的颜色搭配，安排展厅布置，考虑卫生间方便残障人士的设施……

转院后，病症加重，经历化疗的李牧还是继续通过手机参与办公。10月初，当收到自己牵肠挂肚的珠宝大楼建成的照片时，生命的神采也好像再度返回李牧脸上，他激动地直呼：“漂亮，过瘾，再多发点照片！”

11月上旬，已经无法言语的李牧，将手机交给儿子李弋晨带回，艰难地表示自己已经无力查看了。第一次目睹父亲手机办公文件的李弋晨，发现父亲“把时间基本都‘泡’在工作里了”。放下手机，不止意味着父亲放下了手头工作，也许意味着更多。

李牧的生命最终定格在12月1日。

鸿雁迁徙，往返有期。谁都没有想到，就诊日这一别，李牧再也未能逾越这道生死屏障。

头 雁

看过万里云天，鸣过萧萧长风，有经验的“头雁”总能带着同伴，汇聚成队列紧接的“雁阵”，飞越艰难旅途。

2015年11月，创办于2004年、学生规模已达300余人的建桥宝石工艺系，升格为华东地区首家以本科学历教育为主的珠宝学院，设宝石及材料工艺、产品设计（珠宝首饰设计）两个专业。

当时，学院主要筹建人之一郭守国，并没有接下院长之职。他正在为这个新兴的学院寻觅领航的“头雁”。从上海钻石交易联合管理办公室副主任之职退休的李牧，是郭守国心中最合适的人选。推贤让能，不仅仅因为20多年的交情，他更相信，李牧是中国钻石行业的开拓者和奋斗者，也会是一位热心中国珠宝事业的教育者和践行者。

李牧曾先后参加筹建上海钻石交易所、中国（上海）宝玉石交易中心。在钻石办的十多年时间里，李牧对产业链每个环节都熟稔于胸。更重要的是，他很关心上海珠宝产业的人才培养问题，曾积极为建桥珠宝专业的发展建言献策、牵线搭桥，参与了学院筹建。

或许，是为了培养行业人才这个理想抱负而来，或许，是追求退休后另一种人生价值的实现，当郭守国发出邀请时，李牧没有提待遇方面的要求，就答应下来。2016年9月，李牧出任珠宝学院院长。

李牧是珠宝行业的老将，但他是高等教育领域的新兵，面对的是珠宝学院这个全新开辟的战场。为了尽快“上道”，在同事们的支持与配合下，年逾60岁的李牧拿出比年轻人更甚的拼劲投入了工作。

伴随着中国经济长达30余年的高速发展，珠宝首饰业在改革开放后随着国民经济的增长和人民生活水平的提高而活跃起来。目前，全国设置相关专业的高校近200所。建桥珠宝学院完成了“专业”向“学院”转变，关键在于，如何利用好上海区位优势与行业发展趋势，形成自己真正的特色？学院规模扩大，学生就业出路在哪儿？作为资源密集型专业，怎样依靠社会资源办学，面对资金资源匮乏的常态？如何引进并且留住优秀的师资，降低兼职专业人才的不稳定性？……面对这一道道待破解的难题，李牧倾情投入，无私地将自己的人脉与资源用于学院发展。来学院的第一年，他就接待了30多批宾客，像南非金伯利国际钻石学院代表团、与学校签署钻石培训合作协议的比利时钻石高阶层议会、提供企业奖学金的校企合作单位等等，建桥珠宝学院的社会知名度很快有了很大提高。在李牧的推动下，学院第三个系——奢侈品管理系也落地珠宝学院，2019年，三个班的新生进入该专业学习。如今珠宝学院已拥有近1200名学生，学生规模全国第一。

实现宏伟目标的坚定自信，往往由一次次事无巨细的精心筹划构筑而成。李牧是个考虑全面、追求完美的人。来到珠宝学院后，小到学院每一块砖、每块牌子，李牧都会关心；学生实验用围裙款式，他都会从十几个方案中进行挑选；看到实验室、办公室脏了，他也不批评，自己拿起扫帚帮忙打扫。想做的事太多，可用的时间太少，“办事清单”就会积压盘旋在脑海中，侵扰梦境，这让已经服用了20多年安眠药的李牧，失眠问题越发严重。有时候一个晚上睡不到一个小时，第二天又打起精神开始工作。休息，对“头雁”李牧来说，是一件奢侈的事。

家 人

即便一次次攀至名利的高峰，李牧也一直把自己放在很低的位置。与其说他是领导，倒不如说他更像一个与人“平等对话”、睿智而豁达的长者。

2017年3月，支颖雪受邀前往法国南锡商学院，在其国际周教学活动中开展市场相关课程交流。由于这不属于自身教学专业范畴，没有自信的支颖雪想打“退堂鼓”，就找李牧商量。为了勉励年轻人，李牧跟她说了自己在不懂英语的情况下，边工作边完成美国杜兰大学EMBA学习的经历。他还建议支颖雪结合中国文化、奢侈品市场、消费者行为及法国企业如何在中国经商方面，谈自己对这门课程的理解。听取了李牧的建议，后来支颖雪等老师准备的课程在当地高校获得了学生好评。

刘衔宇与李牧朝夕相处，将李牧视为父亲，他有感于李牧对学生的那份真诚关爱。“他用自己的真情面对每一个学生，不是为了什么好处、回报。”

得知李牧逝世的消息，正在办公的2018届学生杨凤刹那间泪水直流，忍不住在同事面前号啕大哭起来。对她而言，那个“最敬爱的论文导师，影响一生的人生导师，更是如父亲一般的长辈”永远不会回来了。她甚至不敢去见李牧最后一面，不敢打碎活在自己心中的李牧形象，只希望一切停留在最美好的回忆中……记忆仿佛还停留在杨凤第一次找李牧商量论文主题时，李牧看到她拿笔姿势不够标准时，像父亲教孩子那般耐心，告诉她以什么样的方式练字、怎么写更好的那个瞬间；还停留在每次她和同学去办公室请教李牧后，他将同学们送至门口并轻轻关门的那个瞬间；还停留在杨凤第二天中期答辩，急需一份资料时，下班的李牧亲自将材料送到图书馆交给她的那个瞬间；还停留在李牧为了帮助她更好完成论文中有关钻石相关市场调查，让她参加南非金伯利国际钻石学院代表团接待学习，提醒她穿得正式一些，天冷别忘了加一件外套的那个瞬间；还停留在李牧鼓励她不要害怕一个人去罗马尼亚做交换生，告诉她“这会改变你的一生”的那个瞬间；还停留在杨凤首次办理签证时，因无法办理某项文件遇到麻烦时，李牧组了微信群为她出谋划策的那个瞬间……

“他很少考虑这个事情对自己有多大好处。只要觉得这个事情对你有很大帮助，他能帮忙，就会尽力去做。”谈起这位自己尊敬与欣赏的师长时，珠宝学院教师吴璠说。

在儿子李弋晨刚出国留学时，一个做外贸生意的熟人向李牧借了70万元。虽然家中不算宽裕，李牧还是帮助了这个身处困境的熟人。10余年过去了，除了头一年归还的20

万元欠款，其余借款的归还遥遥无期。于是，双方重新签订借款协议，约定在2019年10月31日归还。身患重病的李牧在后期治疗时花费很大，极少在追讨债务方面开口的李牧，不得不向借款人提出部分偿还借款以用于治疗。李弋晨知道后，觉得只有通过诉讼才能追回这笔借款。曾任市外经贸委条约法律处处长的李牧，又怎么会不知道法律的约束效力？他只是劝诫儿子，不要走到诉讼这一步。

如果不曾遭逢疾病，这可能是李牧最为憧憬的退休生活：与妻子携手共度晚年。李牧与妻子早年分配至菜场工作，并结下良缘。他向她许诺，同甘共苦，相伴一生。婚后，他并没有因为工作忙碌而疏忽家庭。相反，他一手打理、操持家中的事，从来不用她操心。只是，2010年妻子被查出患有阿尔兹海默症，时年53岁。妻子如此年轻患此重症，对李牧打击很大。他四处求医，翻阅大量国内外疾病相关文献，以求妻子有朝一日恢复健康。妻子病情继续恶化，逐步丧失了认知和自理能力，除了李牧之外，其他人都无法相识。李牧始终带妻子积极治疗，不舍得让别人照顾她，事事亲力亲为。2018年夏天，李牧因病身体状况急转直下，无奈将妻子送至护理院。为了给妻子找最合适的护理院，他和儿子跑遍了江浙沪三地公建、公营、民营、私营、合资的各类大大小小的护理院。入住后，他又亲自拟写了详细的护理要求和注意事项。无论工作再忙，他一有时间就会去护理院陪妻子。“天南地北双飞客，老翅几回寒暑”，李牧用一生的陪伴信守了一句婚姻承诺。

光　明

在生命最后的半个多月里，由于口腔及咽喉道的严重溃烂，各主要器官的严重衰竭，李牧已经无法用言语表达他所承受的一切，每次呼吸都是那么痛苦，几乎耗尽全身气力。

在生命的最后阶段，李牧以最后一丝努力，阻止了插管的创伤性抢救。他不希望被迫做一些丧失尊严的事，在无意识的状态下，被切开气管，维持生命体征。这让死亡的脚步来得更快了。他试图宽慰儿子，不用为此感到内疚。李弋晨说：“哪怕他的肉体早已被摧垮，但他的意志一直坚持到了最后一刻。从他坚毅的眼神中，依然可以感受到对生命的渴望和对自由的向往。”

这双眼睛，将通过眼角膜捐赠的方式，为失明患者重新打开那道暗黑无边的闸门，重获世间万物的绚丽。这，是李牧生前早就立下的遗嘱；这，是李牧最后留给这个世界的礼物。

（奚丽君）

附：李牧遗作

困雁之歌

伤哉云中雁，困落藩篱间。
蚁虫噬于肤，肢体棘蔓缠。
日日望露滴，浑浑百日闲。
时时欲振翅，唏唏气已残。
引颈唤长歌，曲项弄悲弦。
苦挨独哽咽，奈何泪开颜。
草绿谷物黄，唯恐风雨寒。
每每亲情至，老幼慰翩跹。
一慰强肌肤，水草衔甘泉。
二慰强心意，烈火蜕涅槃。
尚存鸿鹄志，梦中惹人羡。
欲穷烟云迹，重返天地间。

（2019 年 9 月 27 日作于同仁医院病床上）

第三编

不负韶华谱青春

朱成：我的大学，青春燃烧的岁月

大学生活到底该如何度过？一个个荣誉、一张张证书……朱成给出了他自己的答案。竞赛、学习、志愿者……忙碌是他大学生活的主旋律，几乎每一个周末都是“工作日”。朱成从来没有抱怨，他相信，青春就该激情燃烧，每一段经历都有它的意义所在。

青春是用来奋斗的

2017 年的夏天，朱成从甘肃来到上海。他从未想过，四年后的自己竟会发生如此大的变化。蓦然回首，他感谢那个拼命奔跑的自己，惊艳了时光，遇见了美好。

初进大学校园，在雷锋精神的感召下，朱成积极参加各类志愿者活动，无论是校内的还是校外的，他都踊跃报名。为做好志愿服务，朱成还加入了学院的外联部，积极投身于公共服务。“起初看到雷锋像的时候，其实并没有太大感触。但随着一次次去做志愿者，我在活动中慢慢感受到了雷锋精神的真谛。看到付出的努力确实能帮助到他人，有时即使很微小，也会深感幸福。”

在投身志愿活动的时候，朱成也没有落下功课。在认真上课的基础上，他加入了机电学院的实验室队伍中。“我学的是机械制造。工科相比于其他学科，实践性要更强一些，更强调动手能力。在真正去做的时候，就会发现运用书本上的知识点并非易事。此外，

人物简历

朱成，男，机电学院机制 B17-4 班 2017 级学生。在校期间获得荣誉：上海建桥学院卓越奖学金、清云奖学金、紫越奖学金、雷锋金奖，国家奖学金、国家励志奖学金，上海市第二届“四大品牌”职业技能大赛智能制造生产线集成一等奖、2020 年中国大学生机械工程创新创意大赛第三届全国智能制造大赛二等奖。

一些实验项目需要的知识是课堂上无法提供的，需要不断地去学习、去研究。”

从大一到大四，看着实验室里的人进进出出，朱成庆幸自己坚持了下来，才会有多学期学院专业第一的成绩。实验室的指导教师潘铭杰在评价朱成时谈到：“实验室的工作比较辛苦烦琐。他特别能吃苦、肯钻研，别人熬不下去的时候，他能挺住，所以造就了现在的他。”

朱成还加入了学校的科创社。他先从一些基础性的工作做起，脚踏实地、勤勤恳恳，敢于突破、勇于创新。从社员到社长，从参加者到组织者，朱成始终坚守自我，恪守职责。2019 年，他获得了学校“优秀社长”的荣誉称号。

在实践中磨炼自我

奋斗书写青春，实干托起梦想，这个世界需要梦想，更需要实干。在丰富的大学生活里，朱成尽管身兼多职，却从来不感到疲惫，实践让他感到快乐与充实。

青年强则国家强。作为新时代的大学生，朱成光荣地加入了中国共产党的队伍。由于表现突出，朱成被选为机电学院高级党课培训班班长。他带领大家一起学习党史、参观交流，提高政治思想觉悟，增强信念信仰，传承红色文化基因。

“身为一名学生党员，而且作为高级党课培训班的班长，除了自身的学习之外，更重要的是有效发挥好党员的先锋模范作用，带领组织好身边的同学，大家一起学习奋进，不断提升自我的党性修养，努力成为优秀的新时代青年。”

每一段历程都不会辜负时光，尽管在当时看来那么无足轻重。大三上学期的时候，朱成还担任了机电学院办公室助理，主要负责资料整理和一些看似琐碎的事务。在短短的几个月中，朱成不但没有抱怨办公室工作的繁杂，而且还有效提高了文档汇编的能力。“我非常感谢大学里的每一段经历。其实只要去做，不管做什么都会有收获。资料的整理虽然很不起眼，也很让人心烦，它却可以很好地锻炼分类与全局意识。看着一叠叠整齐的文档，自己会非常舒服，别人看着也十分惬意。”

遗憾的毕业照，不遗憾的大学

由于参加第一届全国技能大赛世赛工业 4.0 项目，朱成没有赶上毕业照的拍摄，没能留住大学最重要的美好时刻。

“没能和同学留下毕业照当然是非常遗憾的事情，但那会儿我正代表建桥参加全国性的比赛，是自己乐此不疲的事情。再回顾充实的大学生活，回忆中有那么多可爱的老师和同学，也就没有遗憾了。”

其实，朱成本来没有报名参加那届比赛。但那时整个参赛队伍中“新手”比较多，老师希望“老将”朱成参赛，以便今后的发展。朱成深知经验对于竞赛的重要性，作为老队员，他临危受命，勇担重任，最终带领队伍获得了上海市选拔赛第二名的好成绩。

参加竞赛是朱成大学生活中很重要的一部分。整个大二、大三期间，他多次参加各级各类竞赛，综合能力得到了显著提升。

"竞赛还是很锻炼人的，一方面你需要不断地学习、研究，学习现在主流的软件和平台系统。这些东西往往是学校里所没有的，但是在目前的市场上很流行。通过学习，你可以很好地将所学知识与社会面衔接起来，这对于毕业后的就业也是极好的。另一方面，在比赛的过程中肯定会遇到很多困难，发现问题、分析问题的能力就显得格外重要。同时你不是一个人在战斗，你需要和队员们沟通交流，与大家一起攻克难关。"

通过竞赛，朱成收获了众多荣誉与证书，这为他的就业打下了良好的基础。毕业前，朱成投出的简历都收到了入职邀请，最终他选择了一家软件公司。凭借着扎实的专业知识和良好的沟通协调能力，目前朱成已在公司中担任项目主管的职务了。

日月如梭，四年美好的时光过去了，朱成收获了一个更加自信、优秀的自己。那在实验室与赛场上磨炼的专业知识技能，那在高级党课培训班、科创社中锻炼的组织沟通协调能力，那颗感恩回报爱心责任的建桥之心，都会陪伴着朱成走下去。

千里之行，始于足下。离开建桥，青春仍在激情燃烧着，朱成一直在路上。

（施　楠）

叶添添：成长并帮助别人成长

被大气庄重的校园建筑风格所吸引，叶添添来到了上海，选择了建桥学院。光阴荏苒，再次回顾四年大学生活，他无悔当初的选择。

不断尝试，挑战自我

“我本身是个比较内向的人，但也喜欢尝试不同的事物。来到建桥学院之后，有了一个很好的平台和机会。”

大一竞选班长期间，叶添添自告奋勇，成为机电学院机制班的班长。作为班长，就要发挥模范带头作用，协调好班级事务，主动帮助同学们解决困难。从陌生到熟悉，从不适应到适应，叶添添慢慢地把自己打开，班级在他的带领下多次获得五四优秀团支部等各项荣誉。

同时，叶添添还在机电学院担任学调部部长，带领团队完成各项任务，开展各项活动，为机电学子提供更好的帮助及学习环境。

“既然有了机会，自然要去争取，去遇见那个未知的自我。自从担任了班长以后，深知自己身上的责任，在帮助同学处理问题的时候，我自身也在磨炼。”

叶添添一直信奉“成长并帮助别人成长，经历体验生活并帮助别人经历体验生活”，

人物简历

叶添添，男，机电学院机械设计制造及自动化专业2016级学生，中共党员。在校期间所获荣誉：清云奖、雷锋金奖、紫越奖学金、上海市大学生“创造杯”大赛二等奖、上海市大学生机械工程创新大赛二等奖、上海市大学生工程训练综合能力竞赛一等奖等。

在个人与集体之间，寻找最大的平衡点。

志愿服务，能力先行

“刚来到建桥的时候，我参加了新生锻造营，被志愿者身上的真诚深深感染。”在师兄、师姐的影响下，叶添添积极投身于志愿活动，校友会、迎新生等各项活动中都有他忙碌的身影。

随着志愿服务时间的增长，叶添添渐渐发觉，作为当代大学生，运用自己所学的知识去帮助他人会不会更好？叶添添是机械设计专业的，同时又是学校3D打印社的社长，在刘立华老师的引荐下，他参与了上海市第六人民医院（东院）重症室引流管制作的项目。“重症室在我印象里一直是很压抑的，但是真正进到里面，感觉会来得更加真实一些。如果能为里面的病人做些事情，我认为是非常有意义的。”“整个项目对我们来说有一定难度，但踮踮脚我们团队还是能够完成的。当时较为困难的是建模过程，制作出来的引流管要达到重症室的应用标准，要能真正发挥作用。”

在刘立华老师的悉心指导下，叶添添带

领团队日夜奋战，最终攻克难关，顺利地完成了引流管的制作。

在完成了六院（东院）的项目之后，叶添添步履不停，带领打印社成员为临港实验中学提供 Scratch 编程技术支持，帮助学生学习物联网及编程知识，为临港一中的学生参加全国创意编程比赛提供辅导，同时为上海中学（东校）提供 3D 打印机技术支持。

“在志愿服务上，我更希望的是用自己的专业去帮助别人，解决他们的问题。于人于己，都会带来快乐与收获。”

为了能够更好地帮助和服务他人，叶添添努力学习各种知识，查缺补漏、重点突破，在完成学校培养计划的内容之余，还积极参加各种比赛，获得了一系列的奖项。

“整个竞赛过程很考验人。它需要有完备知识的支撑和敏捷的思维能力，能够对过程中出现的问题快速响应、快速分析和快速解决。当然，个人能力还是有限的，你需要借助团队的力量。”每一次的竞赛，都是巨大的付出。每一次的付出，叶添添都会从中有所收获。

兴趣使然，创业梦想

在大三那一年，叶添添和几位志同道合的伙伴一起，开启了创业之路，成立了“DIF”机器人学习中心，为临港明珠小学、临港实验中学、临港一中等中小学提供 3D 打印、物联网技术、机器人编程、 Scratch 编程等课程技术支持。

“临近毕业，其实是有蛮多选择的……后来我选择了和师兄弟一起创业。在很大程度上，机器人编程是我的兴趣所在。正值年轻，想为自己喜欢的事业去奋斗。”

“DIF robot”以“匠心教育，智梦未来”为核心价值，为临港青少年提供专业化科技教育服务，支持每个孩子探索世界，获得创造未来所需的智能素养。

“我们不想一味地灌输给孩子大量的知识，而是要教会孩子去学习、探索新的事物，发现新的世界，给予他们成长空间，更有各式各样的比赛会带领孩子去参加、去挑战，去锻炼。在竞赛中，孩子们的韧性、思维、临场反应都会大大提升。”

既然选择了创业这条路，艰辛在所难免。忙碌是主旋律，起早贪黑、不能按时吃饭是常态。叶添添在负责教学课程的同时，还要负责公司的一部分管理工作。特别是在新冠肺炎疫情期间，课程不能如期开展，公司遇到了较大的困难。重压之下，创业团队之间会出现思想的碰撞，矛盾也会自然地发生。

“创业的道路确实和一般工作很不一样，面对的人和事会更复杂、更现实。但是，锻炼的机会也更多，我相信现在吃过的苦都是成长的过程，在不远的将来一定会变成甜。往后的日子里，我将不断完善自我，保持思考，永远好奇，不停探索。”

（施　楠）

邬建佳：当你凝望雷锋的时候，雷锋也在凝望你

2015 年，建桥学院从康桥校区整体搬迁至临港。一次偶然的机会，邬建佳在大学开学之前来到了建桥。“那会儿学校刚搬过来，绿化什么的还很少，但雷锋像已经矗立在那里了，当时就给我留下了很深的印象。”

2010 年校庆 10 周年之际，雷锋铜像在康桥校区落成。雷锋塑像采用身背书包、阔步向前的大学生形象，手持的书本封面上刻有“为人民服务”，寓意为学雷锋贵在行动，“为人民服务”是一本历久弥新的大书，值得每个人认真研读。2015 年，雷锋像迁至临港校区大礼堂前，注目着来来往往的万千建桥学子。

“临近毕业，现在回忆起来，雷锋叔叔可谓影响了我的整个大学生活。”

班干部，同学与老师的桥梁

春光明媚，花团锦簇，成才桥、育人桥、立业桥横跨于四涟河上。

周星增董事长说过：“桥是我们到达成功彼岸的一个重要工具，具有‘忍辱负重，成就他人’的品德——它总在默默奉献，帮助别人。我对桥有一种崇拜，要学习这种精神，之所以取名‘建桥’，就是希望每一位师生员工都能像桥一样，多贡献自己，多支持别人，不仅要借助别人的桥前进，更要为别人造桥。”

人物简历

邬建佳，女，外国语学院英语国管 B15−2 班 2015 级学生，毕业后考研，现就读于上海外国语学院。在校期间，先后获得上海建桥学院弘扬雷锋精神金质奖章、校一等奖学金、“清云奖”、优秀学生干部、优秀辅导员助理、国家励志奖学金、雷励中国行优秀志愿者等奖项和荣誉。

“作为班级干部，就要和桥一样，除了自己的学习之外，还要负责起班级里的事务，要有效连接起老师和同学们。”

邬建佳作为考勤班长，主要负责班级的管理与协调，做好班级小结，并定期汇报上交学期工作总结。同时，她负责管理课堂出勤与纪律情况，与任课老师配合做好出勤情况的统计，与班长以及体育委员共同督促同学们的早操、晚自习出勤。“有时，虽然事情很多，也很疲惫，但我坚信现在自己做的事情，对于老师、同学、整个班级来说都是有好处的。”

艰辛考研路，建桥伴我行

经过一年多的不懈努力，邬建佳如愿考上了上海外国语大学英语专业的研究生。当她回想起这段考研经历时，唯有感激，感激建桥的一切。

“记得当时，考研自习教室里，原本一起奋斗的八个小伙伴，后来只剩下自己一个人，会感到无力，也会感到孤单。真正考了研，才发现自己要学的东西还有很多很多。”

在高强度与高难度的考研复习中，邬建

佳陷入了深深的自我怀疑中。她曾仰望着雷锋铜像问道：“雷锋叔叔，你说我会考上研究生吗？”雷锋没有给她答案，只是阔步向前。也许，不断向前才会有答案。况且，自己并不是一个人在战斗，身后有那么多可爱的建桥人在默默支持着。

邬建佳想起了夏雨老师，每次感到迷惘在朋友圈里发状态时，夏老师都会在下面评论鼓励她，她瞬间就觉得十分暖心，能量倍增。巧合的是，邬建佳每次被授予荣誉时，都是夏雨老师给她颁奖，夏老师见证了她的成长。

她又想起了亲切的保洁阿姨，有时在自习教室待得很晚，阿姨就会前来问候：“太晚了，小姑娘明天再来吧！要注意身体啊，我给你热杯牛奶吧。”阿姨的关心让人心生温暖，顿时褪去几分疲倦之感。

当然还有可爱的室友，“有时回到寝室已经很晚了，通常情况下室友们都已睡了，但都会留盏灯，让我在黑夜里不再迷失方向”。

一个个可爱的建桥人，一张张温馨的脸庞，不时地出现在邬建佳的脑海中。漫漫考研路，有你们便不再孤单。

办校外免费培训，奉献自我

2016 年暑假，一次偶然的机会，邬建佳和几个好友针对农村孩子创办了一个小型暑期培训班。

建桥为把新时代雷锋精神与应用型人才培养目标结合，根据不同年级学生的发展状况，分阶段设计有针对性的学雷锋实践内容，将弘扬雷锋精神融入教育教学全过程。邬建佳说：“我从小在农村长大，能够来到上海读书感到非常幸运。来到建桥之后，正是被学校的‘学雷锋’氛围所感染，想做一些力所能及的事情去帮助身边的人，于是萌发了办培训班的念头。”“一般农村孩子的英语基础会差些。自己本身是英语专业的，结合自身的专业特长，去帮助家乡的孩子们提升英语水平，让他们能够适应如今越来越国际化的社会。”

由于是免费的辅导培训，邬建佳平时不得不省吃俭用，另外去做一些校外兼职，维持培训班的正常开销。她相信，有一分热，就会发一分光。就像萤火虫一般，也可以在黑暗里发一点光。租赁场地、召集孩子、安排课程、作业辅导……邬建佳亲力亲为，时刻与小伙伴们并肩战斗。

如今，邬建佳带领的团队已连续三个暑假开展暑期培训，辅导人次超过 280 人，辅导范围也从原来的英语拓展到其他学科。

关于未来，邬建佳谈到，除了继续办好暑期培训班之外，希望自己可以帮到一些边远地区的孩子。正如建桥的“烛光活动”一样，给孩子们一个受教育的机会，让他们去迎接更加美好的未来。

“我很庆幸当时选择了建桥，无悔建桥，青春无悔。”

（施　楠）

何晓诗：**逆风飞翔**

2016 年的夏天，何晓诗从江西来到上海。由于高考发挥得和理想之间有一定差距，“阴霾”一直在脑海里挥之不去。当何晓诗迈进建桥校园，看着雷锋雕像从容自信、踏步向前时，心想：也许，一切还没想象的那么糟。

学习是个人的事情

“过去”过不去，老是抓着人不放。年轻的心，既然无法做到放下，不如负重前行。“刚上大学时，内心好像还憋着一口气，想要证明自己并不比其他名校的学生差。无形之中，好像有了无限动力，它驱使着我努力向前。”学习是头等大事。何晓诗课堂上仔细听讲、做好笔记，课后认真完成作业，日复一日地辛勤耕耘，她的成绩直线上升，单科平均成绩在 90 分以上。

“书山有路勤为径”，在何晓诗眼里，学习的窍门很简单，就是去花工夫。“学习其实就像女生减肥一样，没有捷径可走，你得真正花时间去做。其实人人都知道这个道理，却很少有人能坚持去做。”

“很多同学平时上课不怎么听讲，一到期末就开始恶补。我曾经也经历过这种情形，后来发现其实在课堂上认真听讲，考试前就不用花很多时间了。另外，课堂记录非常重要，

人物简历

何晓诗，女，2016 年入学上海建桥学院国际经济与贸易 B16–3 班。曾获得 2018 全国高校商业精英挑战赛国际贸易竞赛总决赛一等奖，2018—2019 POCIB 全国外贸从业能力大赛（秋季赛）个人二等奖，2018 上海市大学生创业决策仿真大赛三等奖，2018 上海高校商业精英挑战赛国际贸易竞赛（英语组）总决赛三等奖。先后荣获国家奖学金、上海市奖学金、国家励志奖学金、卓越奖学金 、清云奖学金（创新创业之星）团队、清云奖学金（学习标兵）、特等奖学金 、优秀学生干部、优秀团干部 、雷锋铜奖等奖励与荣誉。

它能够让你快速回忆起要点，可有效地帮助你搭建起学科知识体系。”

实践出真知

度过了充实的大一后，何晓诗读大二时真正开始了专业课学习。

“纸上得来终觉浅，绝知此事要躬行。”何晓诗学的是国际经济与贸易专业，用她的话来讲，国际经济与贸易就是国家之间的货物买卖。既是买卖，那就必定是实践性很强的活动。在老师的推荐下，她加入了商学院的高校商业精英挑战赛国际贸易竞赛团队中。作为组长的她，除了加强自身的业务水平外，还得带领好整个团队。“作为组长，我会积极听取组员的意见，有问题与大家一起协商，并努力督促每个成员去完成自己的那部分任务。”2018 年市赛前，组委会要求制作电子展位设计图。何晓诗将设计海报的任务交给了其中一名组员，几天后的一个凌晨，何晓诗收到了海报设计图。尽管设计还不够完美，还需要改进，但对于挑灯夜战的同学来说已是不易。何晓诗十分感动，悉心鼓励和帮助同学改进海报设计，同时也更明白了自己身上的责任。

市赛过后，商学院团队获得了三等奖的好成绩。同时，何晓诗也看到了自己的团队与名校学生团队的差距。她带领团队仔细研究，取长补短，多次修改最后的发布会陈述。在之后的国赛中，商学院团队一鸣惊人，获得了全国一等奖。

“大家为着一个共同的目标奋斗，无关荣誉，这段经历本身就非常美好。同学之间的相互扶持与帮助，是纯洁真挚的友谊，也是对“感恩、回报、爱心、责任”校训的践行。我信任大家，大家也信任我，大家劲往一处使，那种奋斗成功后的喜悦，和他人一起分享的快乐，是多么令人难忘！”

除了竞赛以外，何晓诗还利用寒暑假去单位实习，在实践中检验自我价值。在江铜国际贸易有限公司实习期间，何晓诗努力发挥自己的专业特长，在具体岗位中查缺补漏，不断提高自己的业务能力。在普陀区政府实习期间，尽管不是从事相关专业，何晓诗也踏踏实实耐心做事，积极完成上级安排的任务，那年她荣获了上海市高校优秀大学生赴普陀区暑期实践锻炼“优秀学生”称号。

建立自信，步步攀登

充实而又忙碌的大学生活已经过半，进入大三后，何晓诗更多地考虑毕业相关的事情。在考研、就业、出国之间，何晓诗最终选择了出国深造。

“其实在出国这件事上，我考虑了挺长时间。既然自己学的是国际经济与贸易专业，不妨去外面多看看、多学学。”

凭着出色的学习能力，何晓诗顺利通过了雅思考试。再加上优秀的成绩和丰富的课外实践经历，何晓诗最终收到了英国诺丁汉大学的邀请。巧合的是，建桥学院的名誉校长杨福家院士曾经是诺丁汉大学的校长，冥冥之中她还延续着与建桥的缘分。

如今身在英国的何晓诗，回顾四年的建桥生活时，无限感激那个努力奔跑的自己。

四年的付出与坚持，超越了自卑，收获了那个更加自信的自己。步步攀登，蓦然回首，才发现自己已经走了很远。自信在岁月中一点点积累，推动着她慢慢到达彼岸。那一个个不起眼的努力，都已化作成功的基石，也记录着那段燃烧的青春。

（施　楠）

干俊：优雅“建客”，无悔青春

“14 米的剑道，你没有退路，只能迎难而上，一往无前。”

知耻后勇，奋发向前

“在一次选拔测试赛中，其他队员早早完成了任务，我却还在上面跑，落后竟达 20 秒之多，最终我落选了。那种挫败感，至今还记忆犹新。从那一刻起，我看到了自己的不足与差距，于是开始更加努力地训练。”

“大家都练完了，我就再多练会儿，练体能，练脚步，练技术。对于自己技术薄弱的地方，就一点一点地去抠细节，去思考问题的所在。” 锲而舍之，朽木不折；锲而不舍，金石可镂。在一次次的加练之后，干俊的能力得到了明显提升。

在那一年的上海青少年击剑锦标赛中，干俊一鸣惊人，获得了男子个人佩剑亚军。所有的付出与汗水得到了回报，所有的冷眼和嘲笑都销声匿迹了。

干俊记得，校长朱瑞庭曾在开学典礼上和同学们这样讲过：“我们建桥学院的学生文化课基础会薄弱些，和交大、复旦的同学比起来会有一定差距。但大家进了大学就都站在了同一起跑线上，不足与差距意味着巨大的提升空间。没有谁天生就比谁差，只要足够努力，就可以改变自己。”

人物简历

干俊，男，就读于信息技术学院计科智能 B16–3 班，校击剑队成员，国家二级运动员。曾获：2015 年上海击剑锦标赛团体冠军，2016 年全国大学生击剑锦标赛个人及团体季军，2017 年上海大学生击剑锦标赛个人季军，2017 年全国大学生击剑锦标赛团体冠军。

击剑零基础没有关系，学习底子差些也没有关系，知耻而后勇，厚积而薄发。

中流砥柱，团结友爱

每天下午 4 点之后，学校的击剑馆便开始热闹起来。下课的同学纷纷来到这里，换上干净帅气的击剑服，拿起长剑开始训练。我进你退，你刺我闪，馆里的队员不是很多，氛围却十分融洽。

干俊作为一名三年级的学生，再加上本身有一定的击剑基础，自然是队里的大哥哥。无论是平时的训练还是在比赛中，干俊都会主动担当起队里的"大梁"。

对于刚学习击剑的学弟学妹来说，起步是艰难的，而基本功是最重要的。在练习的时候，干俊会在身旁耐心地帮学弟、学妹们纠正动作，同时讲讲自己对于动作的理解和在比赛时的运用体会。

"要把握一个动作的要领，靠自己摸索的话，可能时间会花费得长一些。如果有人指导的话，这个过程会大大缩短。"

"因为我本身是有击剑基础的，也就顺其自然地担当起了训练队友的任务。教练岳志强老师也一直强调，老队员要帮助刚进来的新队员，有专业基础的要帮助零基础的队员。所谓能力越大，责任越大，作为击剑队的一员，帮助身边的队员提高，使他们变得更好，是我义不容辞的责任。”

在干俊的帮助下，新队员进步都很快，整个击剑队的氛围也日益融洽。在那个春天，所有的花都兑现了诺言，径自开放，芳香四溢，建桥击剑队载誉而归。

在一次全国大学生击剑锦标赛中，建桥女子花剑团体遇上了上海电机学院击剑队。上海电机学院击剑队几乎是由专业运动员组成，而建桥女子花剑队队员都是从大学才开始练习击剑的，实力相对偏弱些。“我们并没有因此惧怕对手，姑娘们拧成一股劲，放开自我，敢打敢拼，岳老师和我也在场下为她们加油呐喊，最终我们战胜了实力强劲的上海电机学院女子花剑队。”

师道为先，为校而战

“之前在少体校的时候，更多的是为自己而战。在建桥读大学时就不一样了。当我穿上印有‘上海建桥学院’的剑服时，我就知道我不是一个人在战斗。在背后支撑我的是含辛茹苦的教练，是整支建桥击剑队，关乎一所高校的荣誉。”

“尤其是站在最高领奖台的时候，振臂高呼，大力展开校旗，那种感觉无法比拟，一生难忘。”

“击剑的攻守转换节奏非常快，技战术又十分复杂，一旦在场上不能及时调整自己，就有可能失去比赛的主动权，甚至输掉整场比赛。每当我在场上陷入困境的时候，岳老师就会在场下大声鼓励我，呼喊我要冷静下来，告诫我技术动作不要变形。岳老师真的给予了我很多帮助，我对他非常感激。”

岳志强老师作为击剑队的教练，从社团成立之初一直延续到现在，从平时训练到带队比赛，十多年来一直坚守阵地。在绿茵场上，他带领队员们一起练体能；在激情四射的击剑房，他带领队员们一起刺剑；在挥汗淋漓的赛场，他与队员们共甘苦，同进退。

“岳老师作为我的师长，他身上那份对于击剑的坚持和对建桥的热爱，一直在背后激励、支撑着我。岳老师、击剑队队员们、建桥，我们紧紧地依靠在一起，赢了一起狂，输了一起扛。”

击剑队有个传统，每当节假日的时候，一些毕业的老队员就会回来看看击剑馆，看看如今的击剑队和岳教练。大家一起说笑，一起回忆那些“青葱”岁月。老队员们现在可能不练了，但那段为建桥击剑拼搏的时光，无疑是各自人生中最宝贵的记忆。

击剑队作为建桥较早成立的一个社团，秉持“感恩、回报、爱心、责任”的校训，在近五年的全国大学生击剑锦标赛中，共斩获 11 金 7 银 16 铜，为学校赢得了诸多荣誉，大大提升了学校在全国的知名度。

（施　楠）

曾姝琦：坚持做力所能及的好事

一纸证书、一腔热情，只为山区支教

如果说，2014 年—2016 年大学参军时未能前往边疆当兵，是建桥“兵哥”曾姝琦很大的遗憾，那么毕业前夕，他将用另一种方式“圆梦”。

大三下学期，马上要迎来大四实习的曾姝琦，参加并通过了教师资格证笔试。教师并非他的职业理想，他只是为了能到贫困山区支教而参加了考试。“在发达地区的学校做专职教师，我不擅长。但是，在急需乡村教师的贫困山区，也许孩子们能够通过我，了解更多外面的世界。”

2018 年 6 月，看到澎湃新闻发起“雪域同年”公益支教活动，曾姝琦怀着一腔热血报了名。家境条件不错的曾姝琦，并非不清楚什么是生活贫穷，什么是环境恶劣，因为父亲曾有下乡经历，曾姝琦小时候去过贫困地区。“正因为当地穷，所以我才更要去支教。”

最后他如愿以偿，成了几万名报名者中选拔出的 13 名幸运儿之一。“心情就像中了五百万”的曾姝琦，前往西藏日喀则市仁布县姆乡中心小学，教授美术、体育等课程。

抵达目的地的第一天，军旅生涯为曾姝琦锤炼的强健体魄，也没能让他抵御住高原

人物简历

曾姝琦，男，艺术设计学院环境艺术系2019届毕业生，中共党员，现就职于上海自行车击剑运动中心。在校期间，曾获校雷锋金质奖章、校优秀学生干部、学校第三十四期高级党校优秀学员、文明修身校级优秀学导、艺术设计学院优秀志愿者、校军训优秀学员等奖励与荣誉。大学参军期间获部队团嘉奖、优秀义务兵等荣誉。

反应，走几步就喘。到达当地第二天起，他就连续流了5天鼻血。为了不耽误支教时间，他和许多志愿者一样，带着氧气瓶开始了第一堂课。他调侃说，有时候上课上到一半，志愿者老师们不得不按一下课程“暂停键”：“同学们等一下，老师先吸口气缓一缓。”

某一天，曾姝琦和孩子们聊天时，发现他们对外界很好奇，所知却很少。他们知道北京有天安门，却不知道鸟巢是什么。那天晚上，曾姝琦通宵熬夜为孩子们额外准备了一节视频课——《世界那么大，我想带你去看看》，虽然鼻腔里还塞着止血用的纸巾。次日，当视频里开始播放上海陆家嘴摩天大厦时，孩子们不约而同发出“哇”的一声惊叹。见到这一幕，曾姝琦就站在教室后面偷偷抹着眼泪。“当时，心真的碎了。我不知道一辈子有多长，会遇见谁。但我知道一辈子再短，也要去支教，遇见这些孩子。”

魔鬼训练都熬过，还有什么可怕的

从军后第一次亲属见面，曾姝琦和他的父母在相遇的刹那间，相顾无言，泪流满面。

他变黑了，脸上唯有牙齿白得发亮。他受伤了，手和膝盖上的疤痕至今可见。这些伤口刚结了一层薄痂，在次日的训练中还会被再度撕裂。

若非经历过军旅生活的历练，曾姝琦还是那个刚入学时一脸迷惘的学生，而不会像现在这般坚强、懂得坚持。

在福建野战部队参军，曾姝琦担任过连部文书兼军械器材员。部队的全训非常严苛。在50公里的野外锻炼中，他们在最热的7月、8月全副武装，背着70斤的行囊、十几斤的枪支，徒步训练。人人脸上都是结块的盐巴，脚底都是硕大的血疱，更有直接中暑倒地的伙伴。

从那时开始，曾姝琦便真正懂得了“坚持”的意义。当没有退路时，只有不断往前走，才能抵达终点。他离开部队时，因为工作表现突出，团记个人嘉奖一次，荣获“优秀义务兵”称号。退伍后，他把这份“坚持”带回了学校，成为一个“哪里有需要，就往哪里去”的人。

退伍后，也是百变“兵哥哥”

退伍回来，曾姝琦需要融入一个全新的班级。热心助人、性格开朗的他很快就成了班级中被大家所信赖的那一个。

他是同学的“120”急救电话。某日凌晨三点左右，曾姝琦听闻隔壁寝室的男生不慎从床上摔下，他和另一名同学火速将这位体重200斤的同学送往医院，陪同就诊，并且通知家长。等到安排妥当，已是凌晨五点。怕回寝室睡过头，他就在教室睡着等待上课。还有一次，两名女生吃坏东西引发肠胃炎，不停地呕吐，他陪着她们吊了一夜点滴。

他是室友眼中的“兵哥哥”。换寝室时，他主动选择了一间宿舍卫生检查分数常年不及格的寝室。第一次进入寝室时，看到杂乱情形的曾姝琦没有多说什么，而是开始独自一人承担起清扫寝室的任务，每周如此。慢慢地，室友们开始配合他一起搞卫生。其他寝室的同学来访时如果乱丢垃圾的话，室友们还会跟他们着急，“信不信我们兵哥哥打你”。“有些事他们不愿意做，是因为没有人引导。在我看来，他们是我的弟弟，我比他们大，应该带他们一起做，这样就会有改变。”不久后，这个宿舍卫生检查的分数就从不及格升到了18分（满分20分）。

他是很多学弟、学妹心中的“铁人”。在前往台湾参加新生锻造营时，有一个骑行20公里的项目。在进行到10公里时，一名学弟腿抽筋掉队。风雨中，曾姝琦硬是坚持推行，帮助学弟一起完成了剩下的10公里。他所带领的“红色服务队”6人，坚持在冬季每天晚上9点以后，巡查、关闭学校教学楼的教学设备、灯和门窗。他是学院文明修身活动的负责人，在活动的16周期间，他每天巡查区域，处理各类表格并汇报工作，带领10名基层学导，取得总评第一、文明修身优秀的好成绩。因为工作出色，他又被交付学校文明修身总学导的重担……

坚持，点滴爱心聚水成海

曾姝琦太过纯粹的助人行为，有时候也会遭受别人的质疑和猜测。从2013年开始，他参加义务献血，四次义务献血累计1200mL。在校内，有同学看他连续献血，便问："为什么你那么积极？该不会是为了200元津贴吧？”“也许图的是喝杯牛奶吧！”他开着玩笑地答道。事实上，对他来说，义务献血是一件自然而然的事。他在人民广场逛街，看到流动献血车时，就会主动前往献血。他将每年献血一次列入自己的人生规划，把争取上海献血志愿者最高奖项“上海市无偿献血白玉兰奖”（无偿献血累计10000mL）作为自己的目标。他表示，“如果坚持每年400mL很快就能实现这个目标”。

加入中国造血干细胞捐献者资料库的契机，更坚定了他献血的想法。一次，他看到朋友圈中，有人发出某高中老师得了白血病急需造血干细胞的信息。曾姝琦次日便前往血站进行化验，试图为这位素昧平生的老师捐献造血干细胞。但是抽血的护士拒绝了他："你在3个月前刚捐了400cc，所以不能再捐献了！”他非常沮丧，发消息把实情告诉了这位老师，并表达了歉意。

曾姝琦认为，自己很多时候做的都是这些点点滴滴的小事。当年获得学校雷锋金奖时，他都觉得很意外，总觉得自己做得还不够。但是，他也认为，雷锋精神代表着一种坚持，“它不是高高在上的东西，而是坚持做自己应该做的，做好力所能及的事情，这就是自己生活中的雷锋”。

（奚丽君）

蒋湾：舞动青春

在舞台上，他是极富灵气的舞者，是侃侃而谈的主持，也是声线优质的校园十大歌手；在学习生活中，他是以身作则的班长，是兢兢业业的辅导员助理，更是屡获奖学金的一名学霸。这位在周围同学眼中“优秀到闪闪发光”的男孩，名叫蒋湾。

舞　者

热情的音乐响起，甩头，伸手，旋转，扭胯，踢腿……在学校体育馆舞蹈房，蒋湾与舞蹈搭档沈思瑛，悉心感受身体的每一个律动，每一个动作都精妙地卡准节拍。他两鬓已经出现了细密的汗珠，但舞步依旧轻盈流畅，似不受地心引力影响。

校拉丁舞队社长蒋湾，在排练的众多舞者中显得格外引人注目。作为社团为数不多的男性舞者，他的舞蹈动作饱满而极具感染力，挥洒着拉丁的热情，亦透出绅士的典雅。他的出色表现，打破了很多人对拉丁舞以女性为主导的固化印象，让观者感受到了舞蹈、彩妆、激情……这些词汇从来都不只属于一个性别。

跳拉丁舞的男生，会不会很“娘”？拉丁舞里，谁才是“领舞”？拉丁舞，是一项体育竞技舞蹈，爆发力、极强的风格和技巧是它的特点。女性舞者柔美线条的呈现，很大一部分取决于男性舞伴给予的“安全感”和引领——以正确的“框架”支持女伴的动作，

人物简历

蒋湾，男，中共党员，新闻传播学院新闻系 2020 届毕业生。在校期间曾担任校大学生艺术团团长，获中国大学生体育舞蹈锦标赛优秀运动员奖、上海市普通高等学校优秀毕业生、上海市奖学金、上海建桥学院卓越奖学金、雷锋金奖等奖励和荣誉。

使她能够充分延伸自己、表现自己，没有男士强有力的支撑，舞蹈便没有刚柔并济的看点。男性，才是拉丁舞中起主导作用的角色。

由于柔韧度和协调度的先天条件弱于女性，男性舞者往往需要付出加倍的努力，从容自信的底气来自持续地勤学苦练。为了平衡学业与兴趣，蒋湾曾带着胃病连续工作，三天只睡五小时、吃两顿饭，半个月暴瘦十多斤。他也曾冒出过“为什么自己要这么拼”的念头，但想到这是“在做自己喜欢的事”，便觉得遵从自己的内心，难也要继续，累也要坚持，这样才不会后悔。

由此，各类奖项纷至沓来。在校期间，他获得了中国大学生体育舞蹈锦标赛“优秀明星选手”“优秀运动员”的荣誉，上海市阳光体育大联赛体育舞蹈比赛 6 金 6 银 3 铜，第二十八届上海市体育舞蹈锦标赛 2 金……

除了自身付出最大的努力，对于身边热爱舞蹈的同学，蒋湾也承担起更大的引带责任。

2019 年的校运动会上，他一人参与的开幕式舞蹈项目达 4 项。那次，最难的还是要带领 60 多个没有舞蹈基础的同学，完成一支开幕式舞蹈。每天排练时，他不厌其烦，将动作要领一遍一遍传授给大家。当大家结束了一天的排练时，他还在排练厅，继续练习其他出演节目。

两年多时间，他与舞伴沈思瑛，将拉丁舞社原本100余人的社团，发展至近300人规模，并在各类比赛、活动中大放异彩：第十四、十五届中国大学生体育舞蹈锦标赛斩获大学业余组季军4项；2018、2019年上海市学生阳光体育大联赛（体育舞蹈），累计摘取了20金、16银、13铜；多次在校集体舞大赛、军训晚会、科技文化艺术节、迎新年晚会、“五四”歌会、上海市大学生校园歌会等活动中精彩亮相。

“全 能”

“蒋湾，你全能。”这是经过《舞出中国风》庆祝新中国成立70周年公益展演合作后，著名舞蹈家黄豆豆对他的评价。

当时，从小练习拉丁舞的蒋湾，为了挑战自我，报名了中国舞。因为功底扎实，擅长托举，他一路过关斩将，成为30名集训队成员中的一员，也被“魔鬼教练”黄豆豆封为“四大金刚”之一。真正开始集训，蒋湾才感受到舞种不同，需要克服的困难有很多。比如拉丁舞强调规范，步子一定要到位，而中国舞变通较多，还有身体连贯性、手位都不同，蒋湾一边训练，一边要“掰”自己的动作。为了排练，暑假期间他从临港到排练地，每天来回通勤时间4小时，有一天晚上回去，疲惫的他靠着窗就睡着了。经过近2周的排练，节目在上海国际舞蹈中心取得了很好的演出效果。

只有熬过舞蹈的苦，才有凌厉刚猛、无坚不摧的精神。或许，正是因为“舞者”经历，让他能够不遗余力地努力前进，一次次突破这个标签的禁锢。

2016级新闻1班班长、校拉丁舞队队长、校大学生艺术团主持人队队员、辅导员助理、学院文艺部负责人……蒋湾大学期间的“标签”远不止于此，他却将每一重身份都演绎到足够精彩。

身为班长，他除了做好班内工作，自身的专业学习也是出类拔萃。他连续3学年综合测评全系第一，获卓越奖学金、上海市奖学金；在学院举行的可视化新闻大赛、新闻评论大赛中，他也分别取得了一等奖、优胜奖的好成绩。同学们常来讨教学习秘诀，他会说："学生一定要以学业为主，想要每科都拿到高分，除了基本的出勤和作业以外，上课要尽量往前坐，要和老师有互动。"

在做辅导员助理时，他常帮助学弟、学妹解决困难。"每当看到他们遇到困难时，心里会很着急，因为看到他们像看到了刚进建桥时懵懵懂懂的自己。"但在帮助他们改进不足时，蒋湾总是显得非常严肃，毫不通融，甚至有些"凶"，"看到学弟、学妹们都怕我时，我心里挺不是滋味。但我相信，经历这些后，他们会有所成长"。

除了各类舞蹈奖项，他还获得临港四校主持人大赛最佳台风奖、"卓越建桥杯"大学生演讲比赛三等奖等奖项。

"刚进入大学时，我就给自己规划了一个明确的目标。大学期间，我做到了充分利用每一分钟。快乐总比辛苦多，收获总比抱怨多。"在完善自我、突破自我的路上，蒋湾像一只停不下来的"陀螺"，旋转出一道道新的轨迹。"但行好事，莫问前程。"他说。

（奚丽君）

王天一：再塑生命

“再生”，是仅次于诞生的又一伟大生命奇迹。它既可以是生命的再赋予，也可以是生活的新开始。王天一以爱心与责任，为周边许多人带去“再生”的希望与机会。

在校期间，王天一曾成功挽救了一位白血病患儿的生命。

那是2008年3月，她收到中国造血干细胞捐献者资料库上海市管理中心的通知，浙江一位身患白血病的男孩病情不容乐观，而王天一与这名患者的白细胞抗原（HLA）低分辨初配成功，管理中心询问她是否愿意进行高分辨血样采集，救助病患。

王天一这时才回想起在高考结束后的某天，自己来到南京东路流动献血车上，献血200mL，作为纪念自己18岁的“成人礼”。那天，她还主动向医生咨询了造血干细胞捐献的情况，并成为中国造血干细胞捐献者资料库里的一名志愿者。

然而，真正到了捐献的时刻，家人对于王天一的选择充满了担忧。爷爷提出了反对意见：王天一自己都还在生长发育阶段，捐献造血干细胞会不会造成不良影响？当时，上海的造血干细胞捐献事业刚刚起步，捐献造血干细胞的志愿者不过百人，相关常识尚未普及，爷爷的担忧让家人产生了一丝疑虑。王天一灵机一动，请来做医生的姑姑说服家人，还从网上下载了很多相关资料，终于得到了家人的理解与支持。

经过三个多月的等待，王天一收到通知要去参加高分辨检测。再一个月后，王天一通过了体检，并确定了入院采集时间。

捐献前一周，为了促进造血干细胞大量生长释放到外周血中，需要连续7天注射有粒细胞集落刺激因子的一种动员剂。王天一一早就要抽血打针，忍受疼痛。她说，一点疼，换一条命，值。

7月30日，王天一义无反顾，在华山医院完成捐献，成为上海市第128个造血干细胞捐献者。

“当时，浙江男孩的同室病友也有匹配成功的，可是捐献志愿者最后的放弃，使他们没能得到移植的机会……”王天一的执着，为这个陌生的男孩带去了生的希望。更幸运的是，那两袋带着爱的血浆，没有出现排斥现象，而是与男孩的血液相融共生，为他再度开启了生命之旅。

事后，王天一还加入了上海红十字会造血干细胞俱乐部，参与宣传，以自己的切身体会，发动社会人士一起献血，拯救更多的白血病患者，为他们带去更多生的机会。

毕业后，王天一就职于上海中致服务社，拥有了一份特殊的工作——禁毒社工，配合派出所完成吸毒人员在社区的戒毒康复工作。九年多来，她帮助百余名戒毒康复人员重拾生活的信心，回归正常人的生活。

人物简历

王天一，女，商学院工商企业管理专业2009届毕业生。中共党员，现为上海中致服务社区服务社禁毒社工。曾获上海市优秀志愿者、上海市优秀毕业生、上海市新长征突击手等荣誉。

“吸毒人员是不是特别吓人？”王天一周围所有的朋友对吸毒人员的第一印象就是瘦骨嶙峋、可怜可怕，更难以想象原本性格内向的王天一会与他们打交道。“他们也是普通人”，在王天一心中，这些吸毒人员与常人无异，只是更需要信赖和关爱、害怕疏离和隔阂的特殊群体而已。

禁毒社工是戒毒所戒毒工作中重要一环，它是连接公安部门与戒毒人员的桥梁。每个月，王天一需要督促戒毒人员接受尿检，以尿检结果了解他们是否复吸，并将情况反馈给公安部门。这种强制措施，让戒毒人员牢记行为红线，保持警醒。

虽然，不少戒毒人员本身有很强的戒毒意愿，但是如果无法脱离毒友圈，或者生活遭遇挫折，又可能会重新寻求毒品的“安慰”。因而，禁毒社工更需要成为一座连接戒毒者与社会的桥梁，“经常追踪他们的近况，保持良好沟通，帮助他们融入社会群体，才是帮助他们彻底脱离毒品的关键”。

要让戒毒人员重回社会，就需要经常和他们保持沟通联系，使他们向自己吐露心声。想要获取信任，就必须打开自己的心扉。王天一经常与戒毒人员谈心，了解他们的困难，为他们描绘未来美好生活的画面，增强他们戒毒的信心。在戒毒者三年的戒断期内，王天一最害怕的就是突然与戒毒人员失去联系，这意味着他们复吸的可能性非常大。她经常鼓励戒毒人员积极参加社区举办的活动，融入社会。此外，他们也和街道联手，为戒毒人员找工作，帮助他们找到谋生的渠道。

“戒毒人员有时甚至都得不到家人的关心与关爱，感觉世界似乎已经抛弃了他们。”王天一希望自己能为戒毒人员带去一丝温暖，能在他们再度坠入“绝望深渊”前，拉他们一把，使他们拥有重新开始生活的憧憬与希冀。

（奚丽君）

苏浩天：聚是一团火，散是满天星

“没有认识别人之前，先学会爱他”

人生三万多天，由无数个平凡的日夜组成。三天两夜可以做什么？每个人的答案不尽相同。对于苏浩天来说，三天两夜的新生锻造营，却像梦想的集结号，呼唤着他深藏心底的大学梦，成为他大学生活中最闪耀的时光。

新生锻造营，是建桥学院自2016年8月起对新生开展的一项学前教育活动。在学习台湾有关高校做法和经验的基础上，通过设计活动闯关、团结协作、手工制作等丰富的项目进行团队素质拓展，提升新生的协同创新、尽责抗压、表达沟通等核心素养，从而将学校要求学生的八项核心素养、校训精神内化于心。

短短的三天两夜，所有的成员将挑战身心极限，并在此期间结交到同甘共苦的挚友。

在台湾学习新生锻造营时，苏浩天经历过体能极限。在漆黑的体育馆临时集训，所有人需要平板支撑近20分钟。场馆内“加油”声此起彼伏，大家相互打气，没有人想要放弃。

在这里，苏浩天也经历过内心挣扎。“爬泥地”项目要求参与者说出自己的梦想，许下内心的承诺，并匍匐前进爬过一段泥浆路。此刻的泥地更像实现自己的目标、理想

人物简历

苏浩天，男，信息技术学院数字媒体技术专业2020届毕业生，现就职于临港新片区投资促进服务中心。在校期间，曾在校团委担任部长、主席。2017年获评上海建桥学院“感动建桥”十大学子、2018年获评年度上海市优秀共青团员。

过程中，将深陷的泥潭与遭遇的挫折。挣扎前进时产生的伤口，成了某种不屈不挠的英勇印记。整个过程中，鼓掌喝彩的同伴将会给你努力实现目标与梦想的信念和勇气。

在这里，苏浩天第一次明白强大与脆弱是一枚硬币的正反面。一天的活动结束后，“心灵夜课”成了泪水最多的环节。白天有勇有谋的伙伴围着温馨的烛光，卸下了坚强的盔甲，说出那些不曾与人说过的忧伤、烦恼、痛苦的经历，毫无掩饰地展现最真实也最脆弱的自我。用真心去爱一个熟人很难，去爱一个陌生人更难，新生锻造营成就了每个素不相识个体间最真挚的友爱。

“没有认识别人之前，先学会爱他。”这是新生锻造营带给苏浩天的感动。活动期间，由于对台湾的夜间气温预估不足，衣着单薄的苏浩天瑟瑟发抖，队友把自己的外套递给了他。而看到队友因为冷搓手取暖后，苏浩天又马上把衣服还给了队友。“这就像一种爱的传递。我也希望把自己感受到的这份爱，传递到建桥。”

2016年8月，苏浩天和9名参加过锻造营的同学参与策划了第一届新生锻造营，团队克服了物料准备不足、工作人员没有经验、实施细节难以把控等重重困难。在锻造营结束之际，建桥首批参与的100名新生彼此依依不舍，不愿结营，不住落泪。此时，苏浩天知道，这份感动已经留在了他们的心中。队员们自发起立，向帮助过自己的队辅以鞠躬形式道谢时，苏浩天知道，这份爱已经从一个人传给另一群人。10人，是包括苏浩天在内第一批新生锻造营的骨干人数。第二届新生锻造营时，骨干人数已经超过了60人。

“我要让新生感受到建桥的文化与关怀！我要努力打造最棒的团学！”苏浩天始终记得自己第一次在锻造营“最后誓言”中，向同伴们大声喊出的梦想。第一届新生锻造营，他还是能力不强、初出茅庐的小骨干。连续参与筹备四届新生锻造营后，他逐步成长为考虑周详、游刃有余的活动总控。见证一项“有爱”的活动，从无到有，从有到有影响力，让他觉得非常骄傲和自豪。

挫折就业路，服务新片区

几年的校园生活，苏浩天先后参与上海建桥学院雷锋馆开馆仪式、“五四”表彰、新生锻造营、学校团代会以及毕业典礼等50余项校级大型活动幕后的策划筹备工作。他组织志愿者活动50余次，个人从事志愿服务累计总时长超过1700小时，他获评2017年上海建桥学院“感动建桥”十大学子、2018年度上海市优秀共青团员。他还积极投身于支教活动，助力山区孩子的成长，获评2018年“全国大学生自强之星”、2018年“知行杯”上海大学生社会实践项目大赛先进个人。

临近毕业，履历光鲜的苏浩天即将离开校园，开启新的人生阶段。

从2019年6月开始，苏浩天就在一家集成电路的外企从事采购实习，并且接手不少公司重要业务。2020年3月，上级领导为他向总部申请职位，却得到职位延期到下半年的批复。原本十拿九稳的工作机会就这样没有了，这让苏浩天一下子慌了，一时找不到方向。

受新冠肺炎疫情影响，2020年的毕业生都面临着巨大压力。迷茫之际，参加新生锻造营时的一幕幕闪现脑海，苏浩天相信眼前的困境是短暂的，世界上真正能够打败你的，只有自己。

母校老师得知他正为工作奔波，就告诉他，学校正联合校企合作单位——临港集团举办网络招聘会，共有452家单位，提供2920个有效岗位。

苏浩天即时关注了招聘会上的岗位介绍，对中国（上海）自由贸易试验区临港新片区投资促进服务中心（简称“投促中心”）的工作非常感兴趣。在临港读书这四年，苏浩天眼看着学校周边从空旷到配套齐全。“我觉得临港现在就像深圳，是一片充满生机和活力的热土，这里最适合我们年轻人奋斗。”喜欢挑战的苏浩天从800多名应聘者中脱颖而出，凭借在学校团学的多次历练，最终获得了进入投促中心工作的机会。

从学生到白领，朝气蓬勃的他现已服务自己大学求学地——临港新片区，同临港一起快速成长着。“我所在的部门是品牌推广部，负责宣传推介临港整个片区。”苏浩天的工作节奏很快，他们部门负责多个公众号、视频号的内容，政策咨询、热点新闻、生活休闲……临港大小事，都在他们关注策划的范围。

“当我站在街边、商场、公园、办公楼里的时候，眼看着临港一天天的变化，就有一种奇妙的感觉。当年我父母赶上了浦东开发开放，我又遇到了临港新片区的飞速发展，我们两代人都赶上了好机会。”临港的海风还有一点冷，但苏浩天总觉得内心好像有一团火在燃烧，身上有使不完的劲儿。

（奚丽君）

马世华：
让青春在党和人民最需要的地方绽放绚丽之花

她，23 岁时放弃了在上海上市公司的工作机会，开启了长达三年的西部计划志愿者生活；26 岁时，创立了“四点半课堂”，继续留在当地为贫困、留守儿童辅导学业；在西部计划志愿者 3 年，义务志愿服务 2 年的“3+2”的志愿经历后，29 岁时，她又响应党和国家的号召，来到祖国的西部边陲小县——新疆柯坪就职。

马世华，一个根正苗红的典型贵州“女汉子”。外公和伯伯、姨父都是军人，她自小就在爱国主义情怀的熏陶中成长，潜移默化有了一种使命感和情怀。她觉得，只有在党和人民最需要的地方绽放绚丽之花，才会留下充实、温暖、持久、无悔的青春记忆。

选择吃苦就选择了收获

回忆起参加西部计划的初衷，马世华记忆中的那幅画面依然清晰：2010 年入学时，学校安排了一场关于西部计划志愿者的宣讲会，马世华脑海中萌生了一种做志愿者的想法。从那时起，她就通过网络和向历届参加西部计划的师兄、师姐了解相关内容，逐步在心里种下做一名西部计划志愿者的种子。

2014 年 6 月，深埋心中的种子开始发芽。即将毕业的马世华，在得知西部计划志愿者招募信息后，内心的冲动变成了行动。她第一时间提交了申请书和报名表，成为学校

人物简历

马世华，女，中共党员，建桥商学院电子商务系2014届毕业生，2014届西部计划志愿者，现为新疆柯坪县委组织部干部。

第一批确定的西部计划志愿者。

马世华家庭条件优越，她却放弃富足的物质生活投身西部。她说，“感恩、回报、爱心、责任”这简单的八字校训，是自己人生的风向标，是低谷时的力量、迷茫时的明灯、前进时的动力。她说，是父亲那句话“只要是为人民服务，在哪儿都一样”，让她更加坚定了去祖国最需要的地方贡献力量的决心。她还说，趁自己还年轻，就该多走、多看、多干。

贵州省绥阳县茅垭村到县城有30分钟的车程，是一个拥有8500多人的大村寨。村里贫困人口多、生活拮据，年轻人多外出务工，留守儿童、空巢老人占比高。因此，她经常到企业拉赞助开展爱心帮扶活动，多次对接上海爱心机构开展暑期支教和“一对一”资助贫困留守儿童活动，发动书法老师及书法爱好者，给当地群众写春联。三年间，她倡导开展的“暖童心”助学捐赠活动帮助了320余名贫困留守儿童，帮扶空巢老人10余名。

爽朗热情、干练有担当的马世华是同事们公认的“多面手”“小马哥”，也是老乡们喜爱的“小亲人”。工作是烦琐忙碌的，她回家的次数也越来越少了。“我家贵阳离绥阳三个小时的车程，本想周末也能照顾父母，但是因为忙难得回去。”父亲腿脚不便，母亲患有哮喘，姐姐远嫁，作为小女儿的马世华常因不能照顾家人而内疚，但她仍然积极主动争取锻炼自己的机会。

2015 年 12 月，思女心切的母亲从省城带着锅和食材来到茅垭村。“小马哥，你妈妈来看你啦……”正在办公室忙活的马世华立刻冲出院子，将母亲接到自己的宿舍。说是宿舍，其实就是木板搭建的 15 平方米左右的老房子，茅草瓦片遮盖的房顶，天花板露出的缝隙下，还有一层透明的薄膜，白天采光，刮风下雨的日子为她遮风挡雨。看到女儿就住这间茅草屋，母亲的眼眶早已泛红……在两天的短暂陪伴中，母亲告诉她，“做你自己想做的事，家永远是你的避风港”。

开弓没有回头箭，正是中流击水时

2017 年，志愿者服务期限到了，但马世华并没有离开这块待了三年的土地。因为她还有很重要的事情没有完成，她放不下那一张张稚嫩的笑脸。为了辅导贫困留守儿童的学业，她自主创业开办校外“四点半课堂”，因为她知道这些孩子很需要她。这一干又是两年。700 多个日夜里，“四点半课堂”为贫困留守儿童辅导 1400 余课时，服务学生 7100 余人次。

孩子们四点半放学后，马世华就准时在小屋守着，辅导他们做家庭作业、检查功课，也陪他们下棋、折纸。家长们说，小马每天都换着方法陪伴学生，直到家长来接孩子；周末学生找她帮忙辅导作业，她也是热情不减。因为她的亲切，学生都很喜欢她。

刘庆杰是马世华在“四点半课堂”认识的一个孩子，面对生人，他十分羞涩。有一天，马世华来到刘庆杰家里，孩子正低头吃着水煮白豆腐和辣椒水。“你吃得饱吗？”她问孩子。孩子点点头。马世华有些心疼，正是长身体的时候，没有半点荤腥怎么行？后来，她得知刘庆杰父母离异、外出，家里的开支都是奶奶捡瓶子、卖废纸、织毛线鞋子、编制竹筐攒出来的。了解到这些情况后，她对孩子的奶奶说：“虽然我没有多少工资，但是只要孩子有需要，我会尽力帮忙！”这次家庭走访后，她下决心要照管这个孩子。以后，她每次看望孩子，都会买些东西给他。实际上，拿着志愿者补贴的她，每个月收入仅为当地普通职工收入的三分之一。孩子的成绩原来一直徘徊在六七十分，在马世华的帮助下，孩子进步很快。

为了让“四点半课堂”的孩子们更好地成长，马世华还开办了“爱心食堂”，亲自下厨煮面，放些肉末、鸡蛋，为放学后饥饿的孩子提供一顿加餐。她也像“小家长”一样，操心孩子的成绩和教育。

不管身在什么岗位，马世华都积极参与各种志愿服务，为需要帮助的群众送温暖。默默耕耘，积极奉献，不问收获，是她做每项工作的基本原则。在她换岗时，当地群众都说“舍不得”。

梦想照亮前方路，初心激励脚下行

机会是长期努力的结果。2019 年 5 月，马世华获得共青团贵州省委选派人员到南疆基层工作的推荐资格。经过一番思想斗争，马世华愿意用 4300 公里的乡愁换来丰富的人生阅历、自身的成长和当地些微的改变。得到亲人的支持和鼓励后，她将“四点半课堂”迅速交接给信任的人，开始进行入疆准备。

对她来说，不管身在何处，在什么岗位，都要对得起当初内心最真实的想法。“有一种生活，你没有经历过就不知道其中的艰辛；有一种艰辛，你没有体会过就不知道其中的快乐；有一种快乐，你没有拥有过就不知道其中的纯粹。”这是她记得最为深刻的话。

初到新疆柯坪的她，在田间地头，真正贴近每一位父老乡亲，感受着他们对美好生活的热切盼望，她更坚信自己能够为他人带来一份快乐。

新冠肺炎疫情暴发以来，她主动报名参加社区志愿者服务，连续 30 天不间断在抗击疫情一线工作，每天为群众送菜买药……

“很多人不明白我为什么要继续坚守在那些小镇，在他们看来，那里生活枯燥无味，没有太多的物质回报。但我认为，人生的价值在于奉献，对社会、对人民的贡献越大，我人生的价值也就越大。”马世华觉得，新疆柯坪的土地干旱、盐碱化，越是如此，自己就越要像胡杨那样，扎根边疆，奉献南疆。“我有信心，让自己的青春在南疆大地上开出绚丽的花朵。”

（奚丽君）

潘阳：追逐梦想的阳光

2007年，25岁的潘阳徘徊在人生第一个十字路口，思考着他离开大学校园、踏入社会后的第一道选择题：就业，还是创业？是在人流拥挤的地铁中继续做一个白领，还是另辟蹊径投身充满激情与挑战的创业潮？这个问题，对于已在外企拥有一份稳定体面工作的年轻人来说，并不那么好回答。思前想后，潘阳决定给自己两年时间尝试创业。

于是，潘阳决定创业。

父母也支持他的决定。因为，潘阳从小就是一个让他们放心的孩子，考虑问题全面。更难得的是，潘阳虽是家里的独生子，但他在有极强抗压性的同时，也有敏锐的“商机”嗅觉。大学四年每个寒暑假，他骑自行车四处兼职打工，做推销员，做服务员，他在为自己赚取学费、生活费的同时，也积累了一定的社会经验。

2007年底，潘阳创办了上海潘优实业发展有限公司。2008年，创立东方嘉年华礼品团购中心电子商务平台，这是一家致力于专供企事业单位日常采购、节日礼品、商务定制、积分换礼等业务的专业性团购服务平台。潘阳在南京西路开设了实体店，依托淘宝平台开拓礼品行业。仅一年，潘阳就实现了自己的小目标，于是他决定在创业路上继续走下去。

潘阳办事可靠，讲信誉，对于市场有灵敏度。有一次，有位客户慕名找上门来，

人物简历

潘阳，男，1983年12月出生于上海。2007年毕业于上海建桥学院物流管理专业。2005年10月—2007年9月，任职于德迅上海货运代理有限公司。2007年12月，创办上海潘优实业发展有限公司，任总经理。2008年创立东方嘉年华礼品团购中心电子商务平台。静安区工商联合会青年商会会员。2015年，成为静安区青年联合会委员。2016年，成为静安区青年企业家协会理事。2016年创立波特牛排料理工坊。2017年，成为上海市青年企业家协会会员。

让潘阳为他的企业设计定制会议伴手礼，一下单即上千套。这对于那时的潘阳来说，是第一笔大订单。潘阳敏锐地捕捉到这一商机，迅速将主业从零售实体转向企业定制。由此，他进入了一个更大的发展领域。时至今日，“东方嘉年华”已为政府机构、科普教育、医疗资源、银行证券及多家上市公司、世界500强企业等150多家企事业单位客户提供过专业的团购服务。

2016年，潘阳还涉足餐饮业，创立“波特牛排”料理工坊。“波特牛排”打破了牛排西餐厅的传统经营模式，采用互联网+体验式的创新模式，主打的原材料为健康的“原切”牛肉类料理，既可堂食，也可现场体验料理师开放式精心制作的过程，打包带走与家人、朋友分享，甚至可以购买食材回家制作。“波特牛排”不仅仅是个西餐厅，更像是一个星级主厨掌勺、开放式西餐艺术体验交流与分享的新平台，得到了轻奢餐饮时尚人士的热捧。

至今，潘阳带领团队已先后为上百家企业设计并制作与其企业文化相关的上千件文创产品。2017 年下半年起，他把工作重心转向海派文化创新领域，依托企业优势，整合供应商资源，挖掘开发上海红色文化、海派文化、江南文化的丰富资源，全面拓展上海文化品牌。他说："文化品牌是一座城市的金字招牌、重要标志，承载着城市精神品格和理想追求，是增强城市文化软实力的重要依托。我是土生土长的上海人，希望在这个领域有一番新作为。"

现在，潘阳已拥有上海市青年企业家协会理事等各项社会组织头衔。他与协会的朋友们一起学习、奋斗，一起做公益活动，不断开阔视野。经常有人问潘阳：什么是创业？潘阳的体会是，创业就是脚踏实地，不走捷径，"因为比你优秀的人还比你努力"，同时作为创始人必须要不失望于人性，不放弃原则，不忘记自己本来的样子。

2020 年新冠肺炎疫情暴发时期，员工们滞留外地过不来，老客户们纷纷联系潘阳，希望他赶制防疫用品，因为上海潘优实业发展有限公司拥有二类医疗器械证的正规资质。且当时防疫用品已经一应难求，各个企业都面临质量差、价格高等问题，苦不堪言。于是，潘阳撑起了公司日常运转，亲自与多个工厂对接。那时防疫用品极度紧缺，厂商多有征用。潘阳经常深夜与工厂对接，或凌晨接车验货，他还积极向当时的重灾区武汉捐赠口罩，凡事亲力亲为。别人劝他："防疫用品你赚不到钱，干吗这么拼命？还不如给自己休个假。"但对潘阳来说，此时的繁忙与奔波，首先是为了客户的嘱托，他不能辜负这一份积累多年、沉甸甸的信任！

目前，因公司规模再扩大，潘阳把办公场所迁至宝山昇 PARK 创意园。潘阳说："现在的老客户只知道凡事找潘阳就好办，但我每天也只有 24 小时。我希望今后，客户只要记得'潘优'，记得东方嘉年华礼业，而不需要认识潘阳。同时更希望为自己的母校提供服务，与母校共同成长，让母校了解潘优，了解成长后的潘阳。"公司不断发展壮大，促使潘阳思考团队建设、管理升级、企业文化等深层次问题。他对母校校训"感恩、回报、爱心、责任"有着更深的理解与认同，他说，这八个字也是"潘优"的企业文化。

创业路上的艰难辛苦，潘阳提起来却云淡风轻。他说：“失败、挫折都是经验的积累，都是有益的。创业，让人生充满了无限的可能，创业让我知道世界上比我优秀的人比我更努力。创业就是，让人在累得半死的时候还能从床上一跃而起，因为催人早起的，永远不是闹钟，而是梦想！”

（何 羽）

陶征江：大学生“村官”

在上海市宝山区大场镇文华苑居委会办公室里，居民区第三党支部书记、党总支委员陶征江或热情接待居民来访，或细致处理繁杂事务，过着忙碌、充实又有意义的日子。从考取上海市大学生“村官”到基层工作至今，一转眼已七年了。

大学时光是那样美好而难忘！当时，勤奋好学的陶征江在校积极担任志愿者和班干部，周末在外兼职，还自修管理学本科。毕业那年，他拿到了经济学与管理学双学位证书。因为他从小在农村长大，对农村有着很深的感情。2014 年 7 月，他参加了上海市大学生村官选聘考试被录取，组织上安排他到宝山区大场镇，担任联西村党支部书记助理职务。

初到联西村，陶征江发现这里与他原来印象中的农村已大不相同。联西村当地的农田大多已被征收，村民们过着与市民一样的生活，村容村貌整洁有序。村支部书记很欢迎大学生村官的到来，只担心小陶不是本村人，不会说本地话，融入不了群众，做农村工作不易深入、到位。没想到，陶征江很有语言天分，不到三个月，就说得一口顺溜的本地话。

身背行囊，从大学校园来到农村基层，首先面临的是社会角色转变。陶征江决定忘记学历，再从“小学生”做起，多向身边的领导、同事、村民学习，务实低调，从小事做起。他积极主动与同事一起参加集体活动，融入村民生活，从不好高骛远，哪

人物简历

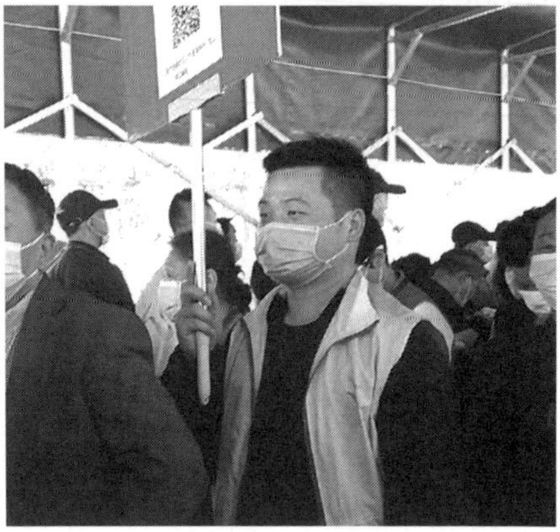

陶征江，男，2010年就读于上海建桥学院国际经济与贸易专业，2011年6月加入中国共产党。在校期间，多次获校奖学金、优秀学生干部、三好学生等奖励和称号。2014年大学毕业后，考取上海市选聘大学生“村官”，历任上海市宝山区大场镇联西村党支部书记助理、条线干部，大场镇社区党群服务中心党建干事，大场镇文华苑居民区第三党支部书记、党总支委员，先后获得宝山区大学生村官年度考核“优秀”、全国大学生村官十佳“村民贴心人”提名奖、宝山区大场镇优秀个人等荣誉。

怕只是在工作中提出一个小问题，做出一个小改进，他觉得那都是一种收获、一个进步。

时间一久，陶征江感受到了基层的魅力、“城中村”独特的味道。“城中村”的村民和城里人的生活工作方式毫无二致，但在人情世故上依然保持着淳朴的本色。陶征江有着同龄人中少见的好脾气。他认为，在基层开展工作，要待人谦逊，热情服务，做到“三勤”，即眼勤、嘴勤、手勤。除了向村两委成员了解村内情况外，更多的需要“眼勤”，多留心观察，对农村的各项政策方针、规定条例要熟悉，这样在向村民解释有关问题时才能做到有法可依，有章可循；其次要“嘴勤”，政策性、常识性问题不懂就问，农村问题牵扯村民切身利益及很多历史遗留问题，因而比较复杂，遇事多了解情况，避免激化矛盾，也可寻求破解之道；再就是“手勤”，村委会工作是最基层、最具体的，很多事情需要多花工夫才能做好。

2015年，村里有位老人把家中动迁款都分给了三个儿子，自己平时的生活靠女儿来照顾。女儿住得比较远，家事繁忙，对老人照顾有限。老人满心希望能靠三个儿子养老，不料三个儿子得到动迁利益后，都不想管老人。老人面临日常吃住行的困难，还担心以后行动不便时的养老问题，就向村委求助。老人每次来村委都是泪流满面，陶征江接待时心里很不是滋味。赡养老人本是天经地义的，怎么在这户人家里就成了大难题呢？他下决心要帮助老人把这事办好。老人有两个儿子都在上班，陶征江只有利用晚上和周末时间上门调解，也不知吃了多少次“闭门羹”，每次受挫返回时，陶征江就在心里给自己鼓劲：下一次，下一次会调解好的。经几轮调解，陶征江从伦理道德、法律法规、村民自治章程、家庭亲情等各个角度，对当事人加以规劝、说服，还找来老人的亲友、村委工作人员齐上阵，最后，老人的子女们终于同意了赡养方案。

多年来，陶征江深入参与村基层组织建设和各种行政事务，如，党员发展、农业普查、“五违”整治、河道整治、水污染治理、创卫复审、社会综合治理、民事纠纷、动迁、公益事业等等。多次被借调到镇组织科、区委宣传部工作，其间还参加了上海市哲学社会科学战线学习习近平总书记精神重点示范培训班、全市核心网评员培训班学习培训等。在工作、学习中，他不仅收获了许多宝贵的知识和经验，还加深了对农村及农村工作的认识与情感，想群众所想，急群众所急。最让他欣慰的是，越来越多的村民乐于主动找他办事，而他接到村民来电，一听到声音，就能叫出对方的名字。渐渐地，同事之间的感情也变成了亲情。有一次，他到镇里交材料，途中骑车不慎摔伤了脚，打上石膏后，行动不便，办公室同事就接他上下班，还经常带自家做的塌饼、汤团、粽子给他，这让陶征江感受到家人一般的温暖。

作为一名青年党员，陶征江积极投身到“三严三实”“两学一做”“不忘初心，牢记使命”“四史”等主题教育学习活动中，组织党员参观红色旅游景点，协助开展主题教育专题民主生活会。2016 年，他在中组部、农业部举办的华西村大学生村官培训班中担任班长一职，积极为大家服务，荣获全国大学生村官十佳“村民贴心人”提名奖。他利用自己的特长，积极配合村两委班子工作，认真完成上级交给的任务。他协助领导开展党内关爱活动，关心帮助村里老党员，为困难党员争取“七一”和春节慰问等相关补助。南大地区综合整治村集体企业腾地租金补贴、腾地管理等每项资金的申请材料背后，都有他辛勤付出的汗水，每一笔申请款资金的入账，都是对他努力的最好回报。2017年3月，他被评为宝山区大场镇2016年度优秀个人。2019年，他被聘为第十一届全国大学生村官论坛执行委员会上海市召集人。

在镇社区党群服务中心工作期间，他主要负责镇的党员发展与培训工作，做好全镇党员发展材料的梳理把关及发展党员的前置审核工作。在材料的核对过程中，处理好与镇各职能部门及直属支部之间的关系，对发展对象的基本条件、培养教育情况、入党材料等进行认真检查，并将意见及时反馈给基层党支部，做好沟通解释工作。2020年初，新冠肺炎疫情突然袭来，陶征江被紧急调到居委支援疫情防控工作，他与同事们并肩作战，出色地完成了疫情防控的各项任务。正因为有一大批像陶征江那样坚守一线的基层干部、基层人员，才使得疫情及时得以控制，坚定了我们打赢疫情防控阻击战的强大信心。

基层工作没有惊天动地的伟业，没有可歌可泣的事迹，没有轰轰烈烈的成绩，有的只是琐碎与平凡。然而，陶征江却在琐碎与平凡中享受到耕耘的喜悦和成长的快乐，他希望自己真正做一个为人民服务的实践者。“好儿女志在四方，有志者奋斗无悔”，初心不变，逐梦前行，扎根基层，奉献青春。他坚信，大学生村官一定能在基层的大舞台上跳出属于自己的舞蹈，一定能在基层的大熔炉中锻造成材！

（何　羽）

管堃：专注、创新、责任

2004年大学毕业的管堃，投身社会的第一份工作就是去云南支教。在环境艰苦的偏远山区，他作为一名计算机专业老师，不但传授专业知识，还与支教所在地的老师们一起努力提升当地的教育教学水平。这一年的支教经历，磨砺了意志，收获了成熟与稳重，为他后来的职业生涯做了有益的铺垫。

2005年支教结束回上海后，管堃与千千万万的大学毕业生一样，面临着就业和职业选择的难题。经过几年的职场历练，管堃发现自己更喜欢沟通，乐于助人，不太喜欢独自面对计算机的刻板日常，于是决定放弃所学专业，选择更加适合自己的领域。2008年是金融危机最严重的一年，管堃凭借着出色的业务能力以及他对校园工作的热爱，成功应聘中智上海经济技术合作有限公司校园招聘助理一职。

中智集团成立于1987年，是国务院国有资产监督管理委员会直接管理的唯一一家以人力资源为核心主业的中央一级企业。中智作为中国人力资源服务行业领军品牌企业，名列2020中国企业500强第175位、2020中国服务业企业500强第71位。中智上海是中智集团全国性服务网络战略布局中的重要战略成员，旗下的预才网为专业的校园招聘全流程服务平台，致力于为用人单位、高校和学生构建沟通平台，助力企业建立雇主品牌，招募优秀高校人才。

2008年6月刚加入中智上海公司时，管堃负责校园渠道拓展及实习生招聘工作。

人物简历

管堃，男，2004 年毕业于上海建桥学院信息技术学院计算机专业。曾赴云南支教。2008 年入职中智上海经济技术合作有限公司，2010 年晋升为渠道专员，2013 年晋升为项目经理，2015 年晋升为高级项目经理。先后获得中智集团“劳动模范”“先进个人”“优秀党员”，教育部“校园招聘服务嘉奖”等荣誉。

2010 年，他晋升为渠道专员，2013 年晋升为项目经理，2015 年晋升为高级项目经理，主要负责为企业提供专业的校园招聘服务、为高校提供大学生求职及指导服务，同时主导校园招聘服务中心转型，重点建设与推广预才网这一互联网产品。

从最初的勤勉踏实，到独当一面、开疆拓土，管堃将一个五六人的工作小组做到了如今几十人的专业团队，这一切都离不开他对教育事业领域的热爱、深耕校园招聘工作多年的经验以及不断创新的精神。管堃认为，作为团队领袖必须目光长远，深思熟虑制订发展规划，才能让团队稳步前进。建设一个优秀的团队需要充分聆听每个人的声音，才能公正判断，营造积极向上的氛围。面对客户不仅要专业，更要具备敬业精神和服务精神，只有站在客户的角度全面考虑，才能引导前道业务人员及后道支持人员共同为客户提供最优质的服务。业务拓展不仅需要长期积累、苦心经营合作渠道，更需要及时发现和创造新的合作契机，果断制订合作方案，开拓新领域。

创新是企业发展的不竭动力。管堃提出的“创新”主要分为升级式创新与开拓式创新，有时需要在原有基础上迭代更新，使其趋于完善，有时则需要抛开原有想法，打破常规思维，寻找新的出路。预才网的用户主要包括企业和学生。为了提升企业用户的体验，他主张在企业端后台增加多维度数据分析功能，为企业招聘提供更多的参考依据，帮助企业更全面、更科学地把握招聘效果；对于学生用户而言，除了提供海量职位及求职信息，网站的功能设计与流畅程度也起到了重要作用，每一步操作都需要斟酌和规划，并不定期地调研，根据用户需求和兴趣点做出优化。

在互联网时代，移动营销开启了一个新模式。移动营销以更贴近用户、更精准的数据，更广阔的市场而受到越来越多的关注。现在的大学生是最亲近移动互联网的一代人，从微信、微博、知乎、豆瓣等新媒体工具入手是第一步。为了开发预才网微信端，相比传统的以广告打响知名度，管堃另辟蹊径，带领团队成功组织策划了多场线上、线下活动。一方面，他们积极建立了预才网微信平台，迎合大学生移动端的使用习惯。另一方面，在新媒体平台的推广软文策略中，预才网的文案风格方向都以大学生较为熟悉的互联网用语为主，结合当下流行的热点进行传播，使内容更贴近大学生，更便于大学生接受。在线下招聘会现场，他们还策划了利用微信平台现场互动向 HR 提问的环节，引发了一波现场热情的小高潮，同时还有现场随机抽奖环节，受到了同学和 HR 的好评。

2015 年，中智上海校园招聘服务中心与上海市教委、上海团市委建立了深入的合作关系，联合举办了上海首届大学生视频简历大赛，由此契机，预才网全新上线，进入公众视野。大赛历时三个月，来自全市 36 所高校的近 300 人，在经历了海选征集、百强争霸以及排位赛等关卡的层层筛选与考核后，选拔了 20 强选手通过一场精心策划的总决赛评选出最终的名次。赛事不仅促进了中智上海与政府和高校的合作，更是预才网正式走向大学生的第一步，视频简历的概念由此深入各个校园。中智上海得到了多家名企的大力支持，更多的企业了解到了预才网的特色与优势。

同年 12 月，预才网还推出了首场在线宣讲会产品。在线宣讲会是基于线下宣讲会的模式，利用全新的视频技术及互联网技术将传统的线下宣讲会搬到线上，学生可以通过看企业视频的形式更为直观地了解企业，也可直接与企业 HR 线上沟通，直接针对相关岗位投递简历。在线招聘会打破了传统宣讲会的时空限制，支持直播、录播随时回放，具有个性化打造、全方位展示雇主品牌的特点；此外，还能加深雇主品牌认知，云端招募人才，在线交流无界限。上线当天即吸引了上千名学生积极参与，受到了企业及学生的一致好评。之后，预才网根据相关反馈信息升级产品并推向更多的客户，让更多企业和学生享受互联网时代带来的便利。

2015 年，管堃因出色的工作表现被评为中智集团“劳动模范”，并再度被授予“先进个人”称号。作为一名共产党员，他在日常的工作中时刻铭记自己的责任，2017 年更是获得了中智集团优秀党员的殊荣。在新冠肺炎疫情期间，他身先士卒，连续三个月加班加点，带领团队出色地完成了由预才网平台承接、国务院国资委牵头的央企校招项目，和人社部、教育部、团中央等机构与地方政府主办的招聘项目，得到了社会各界的极大肯定。预才网荣获中智上海 2020 年度先进集体，管堃荣获 2020 年教育部“24365 校园招聘服务”嘉奖。

在外拼搏多年的管堃，忘不了建桥校园与师长、同学们的深情厚谊。近年来，他尽己之力捐款助学，多次来校做职业生涯规划、简历指导、面试技巧等讲座及培训，积极帮助学校获得上海市模拟求职大赛一等奖。关于“如何从大学生成功转变为职场人”，作为校园招聘专家，管堃建议学弟、学妹们要拥有良好的心态和心理承受能力，建立自己的人际关系，培养自己承受挫折的能力。任何人都不可能永远一帆风顺，碰到挫折时需要冷静、反省、改进。

2020 年 11 月，在母校 20 周年校庆庆典上，管堃被评为第一届卓越校友。伴随着事业的稳健发展而快速成长，作为中智劳模，管堃仍谦虚地表示，他只是尽职尽责、尽心尽力、实实在在地做了自己应该做的工作，尽自己所能，帮助大学生们在求职就业的道路上行稳致远。

（何　羽）

图书在版编目（CIP）数据

建桥人物／朱瑞庭，江彦桥主编. —上海：文汇出版社，2022.8
ISBN 978-7-5496-3833-8

Ⅰ. ①建… Ⅱ. ①朱… ②江… Ⅲ. ①纪实文学－作品集－中国－当代 Ⅳ. ①I25

中国版本图书馆CIP数据核字（2022）第123149号

建桥人物

主　　编／朱瑞庭　江彦桥
策划编辑／张　涛
责任编辑／汪　黎
装帧设计／王　翔

出 版 人／周伯军
出版发行／文匯出版社
上海市威海路755号（邮政编码：200041）
经　　销／全国新华书店
印刷装订／上海天地海设计印刷有限公司
版　　次／2022年8月第1版
印　　次／2022年8月第1次印刷
开　　本／787×1092　1/16
字　　数／200千
印　　张／14.25

ISBN 978-7-5496-3833-8
定　　价／60.00 元